Love advice from a childhood friend.

幼なじみからの恋愛相談。3

相手は俺っぽいけど違うらしい

「彼氏ができるかもしれない」
雛形栞

「よ……よ、よかったな」
殿村
隆之介

Shinobu Mise
三瀬
しのぶ
「何で体操服に着替えさせられてるの!?」

「こういうのがいいんですよね？」
Konatsu Honma
本間小夏

「…………どう……ですか」

「男の子として……
昔からずっと。私、好きなんだよ」
Love advice from a childhood friend.

幼なじみからの恋愛相談。3

相手は俺っぽいけど違うらしい

ケンノジ

角川スニーカー文庫

23025

Illustration: Yatomi　Design: Kai Sugiyama

Contents
目次

love advice from a childhood friend.

Volume
3

1　彼氏ができるかもしれない

「彼氏ができるかもしれない」

帰り支度を席でしていると、隣にいる雛形《ひながた》が俺を見てぽつりと言った。

「え」

それ以外にリアクションが取れなかった。

できるかもしれない？

てことは、確信があるってこと……？

雛形《おさななじみ》に好きな人ができたと聞かされ、その相談に乗ってほしいと頼まれて相談に乗ることにした俺は、これまでいくつか雛形の疑問質問に男目線で答えてきた。

「よ……よ、よかったな」

「うん」

雛形は嬉《うれ》しそうに頰《ほお》をゆるめる。

対して俺は、呆然《ぼうぜん》と黒板を眺めるだけ。

このまま上手《うま》くいくのなら、相談相手としての俺はお役御免となるわけだけど、困ったことに、相談に乗っているうちに、俺はこの幼馴染《おさななじみ》のことが好きになってしまったのだ。

「あ、そう……」

体に力が入らん。

てか好きなやつって俺じゃないのかよ！

なんか、匂わせてただろ。そんな感じのニュアンスあったって！

それを口にしてしまえばめちゃくちゃダサいので、最後に残った意地でその言葉を喉の奥に押し込めた。

「お、俺………」

じゃないのか……。

じゃないんだな……。

「よかったな……」

「隆之介《りゆうのすけ》？　さっきから、同じことずっと言ってる」

黒板を見ているようで見ていない、焦点の合わない視界に、すっと横から雛形を顔を覗《のぞ》かせた。

さらりとした黒髪が机の上に垂れ、雛形は不思議そうに長い睫毛《まつげ》を瞬《まばた》かせている。

俺の前ではそんなことはないけど、他の人の前では無表情だったり愛想がなかったりするせいか、クールビューティとも呼ばれている。

「大丈夫？」

「おう……一応」

何か言わないと。

たぶん俺は、明らかに落胆してるだろう。

それが雛形にバレたら、『え、隆之介、もしかして私のこと好きだったの？』って悟られてしまう。

気づいたら、普段持ち帰りもしない教科書を俺は鞄《かばん》にパンパンに詰め込んでいた。

くすっと雛形が笑う。

「学期末みたい」

学期末どころか、おまえとの関係が終末を迎えそうなんだよ。

無駄に重くなった鞄を背負って、俺は覚束《おぼつか》ない足取りで教室を出ていく。

一緒に帰る予定だった雛形もあとをついてきた。

今日は委員会があり帰るのが遅くなったけど、バイト先のファミレスまでバイクで出勤すればたぶん間に合うだろう。

部活の試合で負傷した雛形の足首は、予定より早い回復を見せており、少し前まで必要だった松葉杖《まつばづえ》は今はもうない。

ああ、そうか。

「俺ぁ、松葉杖だったんだな……」

「変な隆之介」

俺の気も知らない雛形はまた笑った。


「殿村《とのむら》くん、殿村くん」

バイト先でコック服を着込んだ俺の肩を、先輩の三瀬《みせ》さんが叩《たた》いた。

三瀬さんは、バイト先では先輩だけど学校ではクラスメイト。普段は眼鏡をかけているけど、身元がバレないようにバイト先では眼鏡を外していた。

「え。なんですか」

「オーダー入っているから、これ、やらないと」

三瀬さんが端末から伸びた白い短冊を指差す。そこにはハンバーグセットと印字されていた。

「ああ、ハンバーグ」

「そう。どうしたの、殿村くん。今日ぼんやりしてるね」

「松葉杖なんです、俺」

「殿村くんがバグってる……。殿村くんは、松葉杖じゃなくて殿村っていう名前だよ！」

ゆさゆさ、と心配そうな三瀬さんは俺を揺らす。

「忘れちゃったの？」

「松葉杖じゃなかったら、補助輪……」

「どういうこと」

「それか、滑走路」

「何で三文字縛りなの？」

「三瀬さんは、大切な人を失うかもしれないっていう気持ち、わかりますか？」

ぼんやりとしたまま、俺は三瀬さんに問いかける。

一瞬三瀬さんは、ん？と質問の意図を確かめるように眉根を寄せた。

「大切な人を失う………？　はっ。殿村くん、もしかして――」

ついにバレてしまった。

ここまで言えば、そりゃわかるよな。

でも三瀬さんはそういうの、茶化《ちゃか》したりしないだろうし――。

「ロスでしょ」

「ロス？」

「読んだんだね、読んじゃったんだね⁉」

なぜか三瀬さんも悲しそうに口角を下げて小さく何度もうなずく。

わかる、わかるよ、と言いたげだった。

「よ、読んだ？」

「うん。最新刊」

たぶん、俺が三瀬さんに借りている小説のシリーズのことかな。

「ロス……辛《つら》いよね……まさか、死ぬなんて。ないよね、あの展開」

思い出したのか、くすん、と鼻を鳴らす三瀬さん。人差し指で目尻に浮いた涙を拭った。

「え。死ぬんですか。誰が」

想定外だった反応だったのか、びくん、と三瀬さんは肩をすくめた。

「うひいっ。も、もしかしてまだ読んでない…………？」

「はい」

俺がうなずくと、さーっと血の気が引いた三瀬さんがフリーズした。

「……。は、ハンバーグセット、わたしやっておくから」

三瀬さんは、くるんと背を向けて作業をはじめた。

「え、マジですか。もしかしてあいつ、死ぬんですか」

「し、シナナイよ」

重大なネタバレをかました三瀬さんは、片言で逃げ切ろうとしていた。

「すみませーん、ハンバーグセット、オーダーまだですかー？」

キッチンとホールを隔てるカウンターの向こうで、ホールスタッフとして働く後輩の本《ほん》間《ま》小《こ》夏《なつ》がこっちを覗いていた。

バイト先でも学校でも後輩にあたる本間は、入学早々、アイドルになっていたとしても見劣りしない容姿で話題となり、雛形と対を成す美少女として学校内に早くも知られていた。

「悪い。ちょっとぼうっとしてて」

「なんか、お客さんがクレーマーっぽくて……」

「マジか。ごめんな」

俺は本間に平謝りをする。

「じゃそのお詫《わ》びとして、帰りはわたしをバイクで送ってください」

音符でも飛び出そうな笑顔だった。

「それはまた別の話だろ」

「え～ケチぃ～」

と本間は唇を尖《とが》らせる。

「雛形先輩は後ろに乗せてるクセにぃ。背中に密着されておっぱい当たってちょっと興奮してるクセにぃ」

「そんなことねえよ」

雛形はアレだ、当たるようなサイズでもないから感触皆無なんだ。

「そのクレーマーってどんな人？」

「あの人です」

本間が指差したその席には、俺がよく知っているやつが座っていた。

同じ学校の制服を着て、ソファに座ってだらーんと足を前に伸ばしている。

クラスメイトで俺と中学から仲がいい杉内《すぎうち》だった。

「あのぅ～、ハンバーグセット頼んだんスけどぉ～、まだなんスか？　どんだけ待たせせんだよ」

クレーマーっていうか、クレーマーごっこしているダルいやつだった。

本間が対応するため、杉内のところへ小走りで向かった。

「あのさ、シェフ呼んでくれる、シェフ」

「当店にはそのような者はおりません。今はバイトだけなんで」

そうこうしているうちに、三瀬さんがハンバーグセットを作った。

本来ならキッチンスタッフが表に出るのはよくないけど、今は客がほとんどいないので大丈夫だろう。

「なんか、シェフ呼んでるんで、運ぶついでに行ってきます」

「大丈夫？　殿村くん」

そうか、三瀬さんはクレーマーが誰なのか知らないのか。

「はい。大丈夫ですよ」

よかった、と三瀬さんは胸を撫《な》でおろした。

「ネタバレしたから嫌われたかと思った」

そっちかよ。

俺は手にした熱々の鉄板にのったハンバーグとライスを杉内の席まで運んだ。

「おい杉内。シンプルに迷惑だからこれ食ったら帰れよ。クレーマーコントに付き合ってる暇ねえんだよ」

「杉内先輩、内輪ノリをこういう場所でもやっちゃうって、かなりイタくないですか？」

本間が一番辛辣だった。

「……ごめんって。……すんません」

しゅん、としてた。

これはマジで反省している顔だ。

そのあと、杉内はお通夜みたいな顔でハンバーグセットを食べて言われた通り帰っていった。

そのあたりから徐々に忙しくなりはじめ、キッチンもホールも私語を挟む余裕はなくなった。


「意地でも乗せない気ですね？　先輩」

バイトが終わり、もうずいぶんと暗くなった帰り道を本間と三瀬さんと俺の三人で歩いていた。

三瀬さんと本間は歩き。俺は自分のバイクを押していた。

「そうじゃなくて、三瀬さんが歩きだから」

ここ最近、バイトで三人揃《そろ》うとこうして最寄り駅の付近まで三瀬さんを送って、そのあと本間を家まで送るのが習慣となっていた。

あわあわ、と三瀬さんが俺と本間を交互に見ている。

「ご、ごめんね。わ、わたし、邪魔だよね……」

あと一押しで泣きそうな三瀬さんに、本間がにこりと微笑《ほほえ》んだ。

「察していただけると幸いです」

「笑顔で圧かけんなよ」

って言うけど、単車を一〇分近く押すのは結構大変だったりする。

話題は、今日来た杉内の話だったり、他の店員の話だったり、学校の話だったり、様々だった。

「殿村くん。わたし最近スマホゲームはじめたから、よかったら、一緒にどうかな？」

三瀬さんがこうして誘ってくることは珍しい。

漫画や小説だと、あらすじを教えてくれて、面白そうだったら借りるっていうのがいつもの流れなのに。

「面白いんなら」

「じゃ、じゃあ、明日学校で！」

ＳＮＳは知っているので、別に学校じゃなくてもよくないか？

そう思っていると見えた駅舎のほうへ三瀬さんは小走りで去っていった。

一度、こちらを振り返って控えめに手を振る。

俺と本間がそれを返していると、ぼそっと本間がつぶやいた。

「はじめて人の優しさに触れた子犬みたいですね」

「は？」

「のぶ子先輩のことです」

三瀬さんの名前がしのぶだから、のぶ子。杉内が命名したはずだけど、いつの間にか本間もその名前で呼ぶようになっていた。

「天然で学校では眼鏡キャラで巨乳……ううん、侮れません」

「眼鏡外してればいいのに」

「いやいや、わかってないですね、先輩。だからいいんでしょ」

だからいいのか。

人けのないところまでやってくると、俺は本間にヘルメットを渡した。

「ほれ。これ」

「え、いいんですか？」

「あんま言うなよ？　母さんに、危ねぇから誰彼構わず乗せんなって言われてるし」

「りょーかいです」

歌うように本間は言うとヘルメットを被《かぶ》る。俺も自分のヘルメットを被ってエンジンをかけた。

本間が後ろに座ったことを確認して、ひとつ注意事項を伝える。

「チャリと違ってスピード出ると後ろのほうは危ないから、俺の腰に腕回してもらっていい？」

ヘルメット越しに、本間の目が笑うのがわかった。

「んもう、先輩のえっち」

「いや違《ちげ》えって。そうしないと危ないから」

「はぁーい」

弾むような声を上げると、本間は言った通り腰に腕を回した。

……雛形にはない感触が背中にある……。

街灯が等間隔にある片側一車線の通りの少ない道路は、通行人はおらず車もほとんど走っていなかった。

「先輩、わたし結構あるでしょ？」

信号待ちをしていると、本間が尋ねてきた。

「何が」

「わかってるくせにー」

つんつん、と背中を突《つつ》かれる。

見えないけど、なんかニヤニヤしている顔が思い浮ぶな。

「振り落とすぞ」

「やーん、意地悪やめてくださいっ」

信号が青に変わり、また本間がくっついたのを確認してバイクを走らせる。

「もし雛形先輩が嫌になったら、いつでも言ってくださいね、先輩」

雛形……。

バイトが忙しかったおかげで脳内の思考回路がそっちに切り替わっていたけど、その名前を聞いて、また元に戻った。

彼氏ができるかもって、何なんだ。

結局誰だったんだ？

「あぁ、うん……雛形な」

「ん？　んんんんんん？　な、何ですかその反応!?　何ですか何ですか!?」

興奮したように本間は俺の肩をぐいぐい、と引っ張った。

「危ねぇ!? こら、やめろ！」

本間家の近くだったこともあり、バイクを停車し本間に降りてもらった。

「じゃあな。また学校で」

ほら、ヘルメット返せ、と俺はジェスチャーで示す。

「ちょ――――っと待ってください。話は終わってませんよ、先輩」

ヘルメットを取った本間の表情は、上機嫌も上機嫌。

かつてないほどニッコニコだった。

「雛形先輩と何かあったんですか？ 何かあったんですね!?」

期待に胸を膨らませているらしい本間は、ぐいぐいと踏み込んでくる。

「……別になんもねえよ」

「キスしようとしてビンタされたとか？」

「昭和のラブコメかよ」

そんな度胸が俺にあれば、もうちょっと上手《うま》くできたような気もする。

「じゃあ何なんです？ なんかバイト中もボク悩んでます、みたいな顔をずっとしていたじゃないですか」

「してねえよ」

そんな顔をしてたのか、俺。

「教えてください。もしかすると、わたし先輩の力になれるかもしれませんよ？」

「力って……たとえば？」

恋愛相談を受けた俺の恋愛相談ってか？

本間は考えるように指を顎にやると、いい案を思いついたのかぱちんと手を合わせた。

「キスの練習相手とか！」

「おいおい、お嬢さん。はいわかりました、じゃあいっちょ練習すっかってならねえだろ」

「下手だと嫌われますよ？」

…………マジで？

「む、む、向こうもはじめてだろ、たぶん」

「じゃなかったらどうするんです」

…………そのパターン想定してなかった。

うわ、めっちゃヘコむ。

想像だけで死ねる。

そりゃそうか。はじめての彼氏じゃなかった場合は、高確率でそうなる。

「ちなみに、わたしはまだゼロです。ということは？」

「ということは……？　何」

「比較することができないので、わたしには上手いか下手かがわかりません。なので先輩がおかしな作法をしたとしても、わたしは心の中で『先輩、それはちょっと冷めます……』なんて思うこともありません！」

何かの発明を思いついたかのように、本間はドヤ顔で説明をした。

「そうかもしれないけど」

「破格だと思うんですけどねぇ～。わたし、ご存じの通りモテますし」

「そんな機会がないことを祈っておくよ」

「逃がそうとしている魚は大きいんですよ、先輩」

はいはい、と俺は本間が持っているヘルメットを奪う。

じゃあな、と言って、エンジンをかけると、

「……別に何かがあってもなくてもいいんです。先輩のあんな表情はじめて見たから、わたし心配で」

本間なりに、俺のことを心配してくれたらしい。

「ありがとな。でも、大丈夫だから」

俺はそう言い残して、その場からバイクで走り去った。

本当に大丈夫なのかさっぱりわからないけど、今そのことはなるべく考えたくない気分だった。

2　元気になってほしい

朝支度をして家を出ると、呼び鈴を今まさに押そうとしている雛形《ひながた》と鉢合わせた。

「おはよう」

「おう……」

彼氏できそうなやつが、どうしてまだ俺と朝登校しようとするのか。

「途中で渡すの、アレだから……これ……」

周囲に誰もいないことを確認して、紙袋をすっと俺に渡す雛形。

照れくさそうな表情に、俺は渡された物が何なのか察した。

思っていた通り、中には、見慣れたハンカチに包まれた弁当が入っていた。

「……ありがとう」

「どういたしまして」

はにかんだ笑みを残し、「行こう」と雛形は俺を促す。

いつも通り、何ら変わりのない登校だった。

修学旅行の班の話とか、部活の話とか、以前と似たような会話で、雛形はこれといって何かを気にする様子はない。

彼氏になりそうなやつから何か疑われたりしないんだろうか。

二股的なことを。

……それか、もう俺は完全に安パイ扱いで、お友達として認識されているってことなのか？

「部活、今日から復帰する。まだ万全じゃないから、しばらくはマネージャーとして参加する形だけど」

「そりゃ、よかった」

「だから……迷惑……じゃなかったら……で、いいけど」

たどたどしい口調でもぞもぞと雛形は続ける。

「もし時間あったら、お迎え、来てくれたら……」

「お迎え？」

そういや、前も何度かあったな。

部活終わりを待って一緒に帰るってやつ。

「私、我がまま……言ってるかも」

雛形は控えめに俺をちらりと上目づかいで見上げてくる。

ああ。そんなことか。

「バイトないときならいいよ」

「えと。不審者が、いるかもだから。夜、ちょっとだけ遅いし」

そんな情報が出回ってるのか。

女子と男子では情報に差があるらしい。

「それなら尚更《なおさら》だな」

「ありがとう、隆之介《りゅうのすけ》」

そう言って雛形は静かに微笑《ほほえ》んだ。

バイクならそんな手間でもないし、単純に運転するのが今は楽しいから、何か理由があるほうが俺としてもありがたい。

生徒を吸い込んでいく昇降口に俺たちも入っていくと、下足箱のところにちょうど三瀬《みせ》さんがいた。

「おはよ、三瀬さん」

先に雛形が声をかけると、小動物のように機敏に振り返った。

野暮《やぼ》ったい眼鏡なんてやめて、バイト先と同じようにコンタクトにすればいいのに。

「あ、あ、ひな、がた、さん。おおお、はよう……ございます」

何でこんなにバイト先とキャラが違うんだろう。

バイト先ではもうちょっと堂々としているんだけど。

「殿村《とのむら》くんもおはよう」

「おざす、三瀬さん」

「対先輩用の挨拶やめてよぅ」

三瀬さんは、バイト先ではそんなに気にしないけど、学校で先輩扱いされるのは困るらしい。

バイト先での敬語は許されるけど、学校での敬語をとくに嫌っていた。

「昨日は軽くネタバレしちゃってごめんね」

軽くではないような。

「全然大丈夫だよ」

「殿村くんも最新刊読んだんだー！　って思ったら、わたしテンション上がっちゃって――」

かがんで上履きを置く三瀬さん。

ボタンが上手く留まっていなかったのか、一瞬胸元が見えた。

「ちゃんと確認しないとダメだよね……反省。えへへ……」

しゃがんだまま話すもんだから、角度がある分余計に――。

「…………」

ゾゾゾ、と悪寒が背中を走った。

思いきり肩を引っ張られ、背後を向かされると、そこには無表情の雛形がいた。

「……見すぎ」

「何が。何の話」

「……」

冷た〜い目をして俺を凍死させようかという雛形は、眉間に皺《しわ》を寄せて俺の脇をすり抜けていった。

そして、こそこそ、と三瀬さんに何かを耳打ちする。

「ふひゃぁ」

奇声を上げた三瀬さんが、顔どころか耳まで真っ赤にして、胸元を押さえて慌てて去っていく。

「へ、変なもの見せてごめんねっ」

「え、三瀬さん」

こっちこそごめん。いや……ありがとう？

三瀬さんは、どうやらトイレのほうへ行ったらしい。

教室に入ると、機嫌が下限を突破している雛形がすでに席に着いていた。

気まずい……。

俺が見ていたことが、完全にバレている。

他の人から見ればいつも通りの愛想のなさだろうけど、なんかオーラが違う。

「りゅ……殿村くんは、結局おっぱい大きい子が好き」

「おい待て。勝手に決めつけんな」

「じっと、食い入るように、舐《な》め回すように、集中して見てた」

色んな表現を使って、とにかく俺が熱中していたことを伝えたいらしい。

「何の話だよ」

と、言い逃れようとするけど、効果は薄そうだ。

「もういいけど」

ぷい、と雛形はそっぽを向いた。

しばらくすると、ぽつりと尋ねてきた。

「ネタバレって、何？」

無言が気まずかったので正直助かった。

内心俺は胸を撫《な》でおろした。

「ああ、そのこと？　それは――」

俺が昨日バイト先で起きたことを話していると、どうやら興味を示したらしい。

「私も、読む」

「いいよ。俺は三瀬さんに借りているだけだけど」

こくり、と雛形はうなずいた。

よくわからん、この幼馴染《おさななじみ》のことが。

お友達の安パイで松葉杖《まつばづえ》の俺が、三瀬さんの胸元にたまたま注目するのなんて、そんなに気にすることか？

やがて三瀬さんが教室に入ってきた。

雛形が教えたおかげで、外れていたボタンはきちんと留めてある。

鞄《かばん》を机に置くと、すぐにこちらへやってきた。

「雛形さん、さっきはありがとう」

「ううん」

「昨日は話が途中になっちゃったけど、ゲームの」

スマホを取り出した三瀬さんが、アプリを起動し、ゲームのホーム画面を見せてくれる。

あれがああで、これがこうで――、とゲームの内容を教えてくれた。

基本的に一人でプレイするものだけど、ゲーム内フレンドになれば協力プレイが可能になるらしい。

「殿村くんが、困ってたらわたしが助けてあげられるから」

「なるほど」

ふむふむ、と俺がうなずく隣では、拗《す》ねたように口をへの字にしている雛形がいた。

「雛形も、やる？」

「やる」

即答だった。

あんまりゲームが好きなほうじゃないから、この返事は意外だった。

「やろう、やろう、雛形さんも」

三瀬さんは純粋に仲間が増えたことを喜んでいた。

「でも、私、下手っぴだから、足引っ張るかも」

「大丈夫大丈夫！　そういうのカバーし合うゲームでもあるから！」

おお……三瀬さん、ゲーム漫画アニメ小説の話になると、表情が輝くな。

それから、担任が教室にやってくるまで、三瀬さんはゲームの内容を教えてくれた。

雛形は小難しそうな表情をして、ずっと頭の上に疑問符を浮かべていた。

「私、無理かも」

早くも雛形が後悔していた。


教室での授業中、休み時間、体育中、それとなく雛形に接触しようとする男子を観察していたけど、それっぽいやつは誰もいない。

このクラスにはいないってことか。

修学旅行の説明を担任がはじめる。

毎年同じ場所へ行っているみたいで、回ってきたプリントも最近作ったものっていうよりは、何年も使い回しているような気配がある。

「あくまでもこれは、相談役として知っておきたいんだけど」

俺が慎重に前置きをすると、先生のほうを見ていた雛形はこっちを向いて小首をかしげた。

「何？」

「か、彼氏になりそうなやつって、このクラスじゃないの？」

「このクラス」

「このクラス⁉」

声が裏返った。

「殿村ー？　どうかしたか？」

担任に名指しされ、俺は鳩《はと》みたいに首だけで会釈をする。

「いや、なんもないっす……さーせん」

仕切り直した担任が、また説明に戻った。

このクラスに？　雛形の彼氏になるかもしれないやつが？

いやー——そんなやついないだろ。

それっぽい雰囲気の男子誰もいないぞ。

俺だって、なんかあの二人怪しいなー？　っていうセンサーくらい備えている。

ただ、そのセンサーはアップデートされずにきているから、機能しているかどうかは怪しいけど。

まさか雛形……、いや、そんなことはないだろうけど、まさかの可能性を口にしておこう。

「なあ、雛形が一人で舞い上がっているっていう可能性は？」

めてくる。

「っ……!?」

小さく息を呑《の》み込んだ雛形は、酷《ひど》くショックを受けたような顔で、俺を悲しそうに見つ
「あるの……？　その可能性……」

「いや、俺に訊《き》かれても」

少なくとも、雛形はいつも通りだし、舞い上がっているような雰囲気はない。

「かもしれないっていうのは、雛形的にどれくらいのもんなの？　確率で言うと」

「七〇％」

「高っ!?　七〇％で付き合えるかもってこと？」

くすぐったそうに雛形は今にも解《ほど》けそうな唇を結んで、照れながらかすかにうなずいた。

マジかよ。ほぼ決まりだろそんなの。

「雛形みたいな美少女がそんなふうに思ってるんなら、もうイケるんじゃね」

この話題、掘り返すんじゃなかった。

ぺしぺし、と雛形が俺を叩《たた》いてくる。

「美少女、違うから……」

頬《ほお》を赤らめて、うつむきがちにささやいた。

その反応が面白いのでもう一度繰り返す。

「美少女」

今度はどん、と俺の肩を突き飛ばした。

「何回も、言わないで」

「うお」

思いのほかパワーが強かったので、椅子から落ちそうになった。

あぶねえ、と俺が冷や汗をぬぐっていると、いつの間にか教室内はがやがやしていて、何かのグループを作ろうとしているところだった。

「何イチャイチャしてんだよ」

俺の席の向かいにやってきた杉内《すぎうち》が言った。他には、雛形の親友で同じバスケ部の内之《うちの》倉《くら》さん、三瀬さんが揃《そろ》っていた。

「してねえよ。これ、何の時間？」

「修学旅行の班決め。なーんも聞いてねえのな。二人だけの世界は雑音が遠ざかるんですね、殿村さんよぉ」

否定もしない雛形は、恥ずかしそうにどんどん小さくなっていっている。

「嫌みたらしく言うなよ。ちょっと聞き逃しただけだろ」

こいつ、昨日俺がファミレスで邪険に扱ったことを根にもってるな？

「どうやら、私たち五人で決まりみたい」

内之倉さんが周囲を見回して冷静に言う。

班作りのルールは自由のようで、ぼっちを作らないってことくらいだろう。

「な、なんか、友達面しちゃってるけど、い、いい……のかな、わたし」

おろおろしながら三瀬さんは口にした。

「友達面じゃなくて、もう友達っしょ、のぶ子は」

キラリ、と白い歯を覗《のぞ》かせる杉内の意見には、俺も賛成だったし、他二人も賛成のようだった。

「杉内くんはアレだけど、殿村くんがそうだって言ってくれてよかった」

三瀬さんは、えへへ、と無邪気な笑顔を見せる。

「アレって何、アレって」

不思議そうに尋ねる杉内を三瀬さんは笑顔でかわしていた。

「三瀬さんと殿村くん、仲いいね」

他意がなさそうに内之倉さんが言うと、雛形がぴくんと反応した。

「こ、この二人はバイト先が同じで、教育係とその教え子だから、多少仲がよく見えるかもしれない」

訊いてもない情報をＡＩみたいに淡々と話しはじめた。前にバイト先は同じって教えたはずだけど、雛形はより詳しく教えた。

くすっと内之倉さんが笑みをこぼす。

「そうなんだ」

「そう。先輩と後輩。それ以上でも以下でもない」

ＡＩ雛形がどうでもいい説明をする。

先輩と後輩で区切られてしまった三瀬さんは、ちょっと不服そうだった。

「趣味の話もするし、ゲームも一緒にするようになるし、友達……だよね？」

確認してくる三瀬さん。

「友達の前に、俺は尊敬する先輩だと思ってます」

「今朝までいい距離感だったのにっ」

三瀬さんが抗議していると、班作りが終わったのを確認した担任の話がはじまった。

今度は二日目にある班行動のルートを決めるらしい。

「じゃあ最初は、お城に行って――」

タイプに似合わず、三瀬さんが仕切りはじめた。

「のぶ子やる気満々じゃん」

杉内が茶化《ちゃか》すと、えへへと三瀬さんは笑った。

「いつもこういうの、余ってたから……余らずに班に入れたのが嬉《うれ》しくて」

「のぶ子ぉ、辛《つら》かったな、辛かっただろうに……」

杉内が泣いていた。

リアクションでかすぎだろ。

「中学校のときは班は男女別だったから、りゅ……殿村くんと同じ班は小学生以来かも」

「そうだっけ」

「なあなあ、ひながっさん、言い直さずに隆之介って呼んでいいんだよ？」

毎回言い直すのが杉内は疑問だったんだろう。

「っ……」

核心を衝《つ》いたらしく、雛形が押し黙った。

「何で勝手に杉内が許可出すんだよ」

「二人のときはそう呼んでるんだろ？　オレらの前だからって気にすることないよって言いたいわけ」

「まあ、変な呼び方ってわけでもないし、俺は気にしないよ」

雛形に言うと、そう？　とでも言いたげにそろりとこっちを窺《うかが》ってきた。

三瀬さんが、挙手をした。

「わたしも、隆之介くんって、呼んでもいいかな……？」

「あ、はい。三瀬さんはもう、自由に何でも好きに呼んでください」

「スタンスが友達の距離感じゃないよ！　ぼっちは疎外感には敏感なんだから！」

「どうせ殿村も、二人のときはしおりんとかって呼んでんだろ？　恥ずかしがんなよな？　とバシバシと杉内は肩を叩く。

「恥ずかしいも何も、そんな呼び方してねえんだよ」

適当な杉内にツッコむ。

「じゃあ、隆之介……って呼ぶ」

雛形が宣言すると内之倉さんと杉内が目を合わせた……ような気がした。

「殿村も栞《しおり》って呼んだら」

「何でだよ」

「片方だけ名前って変じゃん」

「変じゃないだろ。てか、そんな呼び方したことねえから」

「じゃあオレは、『りゅっくぅんっ』って呼ぶわ」

「キモい呼び方すんな」

じゃあって何だ、じゃあって。

おまえだけはいつも通りでいてくれよ。

こんなふうに、雑談八割くらいで自由行動会議は終わってしまった。


学校が終わると、雛形は部活があるので俺は杉内と二人で帰ることになった。

「ひながっさん、足もう大丈夫なの？」

「激しい動きをしなけりゃって話」

「ふうん。じゃ何すんの、部活」

「マネージャー的な」

へえ、と杉内。

「見に行かねえの？」

「行かねえよ」

こんなふうに遠回しに言ってくるってことは、たぶんアレだな。

「内之倉さん見たいんなら一人で行けよ。俺を巻き込むな」

「んなこと言ってねえわ！　アホか、ふざけんな！」

やたら過剰に反応するあたり、図星ってことなんだろう。

後ろ髪引かれる思いがある杉内は、やたらと女子バスケ部に関する情報を俺から引き出そうとしてくる。

まあ、俺は雛形から部内の話を色々と聞くから、自分より詳しいって思ったんだろう。

「あー、オレ忘れもんしたわ！」

などと嘘《うそ》くさいことを言った杉内は、回れ右をして学校のほうへ戻っていった。

学校の二人の様子を見ていると、みんなで遊園地に行ったあの日以来、とくに何か進展しているようには思えない。

俺はというと、むしろ後退……。

というより負け戦……？

家に帰り、制服のワイシャツだけ脱いでベッドに寝転がっていると、呼び鈴が鳴った。

宅配か何かだと思って扉を開けると、そこには本間《ほんま》と三瀬さんがいた。

「先輩、来ちゃいました。のぶ子先輩付きで」

「ご、ごめんね、殿村くん。いきなり」

二人でわざわざやってくるなんて珍しい。

「……何か用？」

「用があってもなくても、いいじゃないですかー。美少女二人が家に来たんですよ！　上げるしかなくないですか？」

「あ、あ。わたしは、全然美少女ではないので、そこは違うから」

自信満々な本間とスーパーネガティブな三瀬さんだと、言動が真逆だな。

俺も何か用事があったわけじゃないし、何なら暇でもあったくらいだ。

「じゃあ、いらっしゃい」

受け入れるため、脇を空けると意気揚々と本間が中に入っていく。

「お邪魔しまーす」

入り際に、三瀬さんが再び謝った。

「ごめんね、殿村くん。本間さんが行こうっていきなり言うから」

なるほど。本間が言い出しっぺか。

三人とも今日はバイトが休みなので、押しかけるにはちょうどいいとでも思ったんだろう。

「えっちなことしてたんですか？」

「してねえよ。ナチュラルに訊《き》いてくんな」

おろおろしそうな三瀬さんだけど、これに関してはノーリアクション。

……意外と耳年増《みみどしま》なのかもしれない。

お客さん用のスリッパを二足出して、部屋へと案内する。

「三瀬さんは俺の部屋ってはじめてだっけ」

「うん。ちょっとキンチョーする」

「先輩があれこれしている部屋ですよ、のぶ子先輩」

くすくす、とからかうように本間は言うけど、三瀬さんは至って普通だった。

「自分の部屋だもんね」

大人な返しだった。

やっぱアレか。漫画や小説でも際どいシーンがあったりするから、耐性があるのか？

二人を部屋に入れて、適当に座ってもらう。控えめな三瀬さんはフローリングに座り、本間はベッドに腰かけた。

「漫画とかなら、そこの棚にあるから適当に読んでいいよ」

て言っても、三瀬さんはだいたい読んでそうだな。

「先輩、ちょっと着替えたいので少し席を外していただけますか？」

「着替える？」

私服か何かを持ってきてるってことだろうか。

曖昧にうなずいた俺は、早々に部屋を出ていった。ついでに、お茶とお菓子を一階から運んで本間からの連絡を待った。

「いいですよ、入ってきても！」

へいへい、と俺はお茶とお菓子をのせたお盆を手に中に入る。

「どうですか？　これ」

「どうですかって……、おまえそれ、俺の制服じゃねえか」

俺の制服のワイシャツを着ている本間は、サイズがまったく合わず、当然のことながら袖を余らせ、裾も短いスカートの丈に近くなっていた。

物置と化している勉強机の上にスペースを見つけ、そこにお盆を置く。

「こういうのがいいんですよね？」

改めて見ると、本間はくるん、とその場で回って見せる。

「いいか悪いかの前に、何で？　が先に来るんだよなぁ……」

こういうのがって、どこでそんな知識を。

三瀬さんはというと、体操服だった。

何で。

体育のときよろしく、髪の毛をポニーテールにして、体育座りをしている。

「本間さん、やっぱり何か違う気が……」

「大丈夫です。わたしとのぶ子先輩が揃《そろ》えば、どっちかが必ず刺さりますから！」

刺さるって何にだよ。

三瀬さんは、体操服のサイズが小さいのか、それとも身長に合わせるとどうしてもそうなるのか、制服だとわかりにくい胸が強調されて見えた。

大層なものをお持ちのようで……。

三瀬さんのほうを見ていると、いつの間にか本間が制服をすんすんと嗅いでいた。

「おい、におい嗅ぐな！」

「ふむ。先輩んちの洗剤のにおいがしますね」

「レポートは要らねえ」

そんなの心に留《とど》めておいてくれよ。

「中学のときと洗剤変えました？」

「知らねえよ」

たぶん変わってるんだろうな。

って、何で中学のときの洗剤のにおいまで知ってるんだよ。

けど……くさいって言われなくてよかった。

「何でその格好に？」

よかったらどうぞ、と俺は三瀬さんにコップに入った麦茶を出す。

「のぶ子先輩とわたし、どっちがいいですか？」

目を爛々《らんらん》と輝かせながら、本間が訊いてくる。

「どっちって」

「ポニテ巨乳体操服と、あざと可愛《かわい》い元気系後輩のワイシャツ姿」

す、と三瀬さんが腰を捻《ひね》って俺に背を向けた。

凝視してたわけじゃないから、そうされるのはなんか心外だな……。

「どっちもいいと思う」

ほれ、とコップを本間に渡す。

「えぇー！　そんなどっちつかず、無しですよぅ。ね、のぶ子先輩」

話を三瀬さんに振ると、なぜかぷるぷると震えていた。

「と、殿村くんちで遊ぶって言うからついてきたのに、何で体操服に着替えさせられてるの!?」

違和感を覚えるまでに時間差ありすぎだろ。

着替えるときに言えよ。

「でも、のぶ子先輩大成功ですよ」

「そ、そうなの？　何が？」

「先輩、食いついていたので」

「……」

ちら、とこっちを見る三瀬さん。

す、と腕を組むようにして恥ずかしげに胸元を隠した。

気まずい……何か言ってくれよ。

「わたしのこともじいっと見つめていましたもんね、先輩？」

「そりゃ見るよ。何でそんな格好してるのか気になるから」

「わたし、優勝です」

ぶいぶい、とピースをする本間。

もういいよ、それで。

「ちょっとは元気出ましたか？」

「え？」

「のぶ子先輩が、今日も先輩がぼうっとしているって言っていたので」

うんうん、と三瀬さんがうなずいた。

それでわざわざ……。

「出たよ。ありがとう」

出たっていうよりは、その気持ちに対してのお礼だった。

三瀬さんと本間は顔を見合わせて表情をゆるめていた。


「どうせ、雛形先輩のことでしょう」

適当に貸した漫画をベッドで寝転んだまま読む本間は、ゆっくりとバタ足をしている。

「どうせって何だよ」

まあ、そうなんだけど。

ちなみに三瀬さんは帰った。

俺の家へ遊びに行くっていう目的が、ただ体操服に着替えさせられることだけだとわかったからだ。

「何か言われたんですか？　わたしが相談に乗る義理もないんですけど」

ちら、とこっちを見て、また漫画に目を戻す本間。

ここまで勘づかれて隠す必要もないだろう。

顔を見たままは話しにくかったので、何気なく背を向けて、俺は昨日言われたことを教えた。

「彼氏ができるかもしれねえって」

「雛形先輩に？」

「そう」

「…………ふうん」

思ってもみない反応だったので、俺は一度後ろを振り返る。

本間は、つまらなそうに唇を尖《とが》らせていた。

「よかったじゃないですかー」

棒読みも棒読み。心ここにあらずといった返事だった。

「相談役としてはな」

「先輩は困るんですよね、雛形先輩に彼氏ができると」

「困るっていうか……」

「困らないにしても、それを言われたことで先輩が何かしら精神的なダメージを受けてしまったのは確かでしょう？　ていうか、『できるかも』なんだから、まだできてないわけじゃないですか」

そりゃそうなんだけど、七〇％だぞ、七〇％。

「その彼氏とやらができたあとにショックでも何でも受けたらいいじゃないですか。まだ全然余裕です」

本当に本間はポジティブなんだな。

自信の裏返しもあるんだろうけど、俺はやっぱりそこまで大きく構えられない。

衣擦《きぬず》れの音がすると、背中にふわりと触れるものがあった。

肩口からは、袖を余らせた本間の腕が見える。いつの間にか後ろから抱きしめられている形となっていた。

「本間？」

何してるんだって言葉にする前に本間がささやくように言った。

「大丈夫ですよ、先輩。きっと大丈夫です」

本間が腕に少し力を入れたのがわかった。

「どうして励ましてるんでしょうね、わたし」

ふふふ、と吐息のような笑い声を漏らして続けた。

「先輩は鈍感すぎてヤベーやつです」

「陰口を本人に直《じか》に言うなよ」

「けど、このわたしが認めるほど超カッコいいので、自信持ってオッケーです。先輩は、自分よりもわたしの言葉を信じていればいいんです」

どうして本間の俺への評価ってこう高いんだろう。

ふっと本間の重みが背中から消える。

「あーあ。先輩、わたしとならハッピーエンド確定なんですよ？」

「わかんねえだろ」

「わかります」

自信に満ちた笑顔で本間は断言した。

「だって、わたしが先輩を幸せにしますから」

「普通逆じゃね？」

「先輩も、わたしを幸せにするんです。だから確定です」

ここまではっきり言われると、そうなる未来も、もしかしたらあったのかもしれない、と思わせるパワーが本間にはあった。

本間は、いきなり俺のワイシャツをその場で脱ぎはじめた。

「おおおい、待て！　いきなり脱ぐなよ！」

目をそらしていると、

「先輩なんて、『あのとき本間と付き合っておけばよかったぁ～』って後悔すればいいんですっ」

べし、と脱いだであろうワイシャツを投げつけられる。

俺が目をそらしている間に、本間は自分の制服を着ていた。

「おまえ、いいやつだな」

「えー、今さらですか？　てか、いいやつじゃなくて、いい女ですから」

いたずらっぽく笑って、鞄《かばん》を手にして部屋を出ていった。

その去り際に、

「そのワイシャツ、わたしが着てしまったので、においがちょっと残っているかもです」

そんなところに、気を遣わなくてもいいのに。

「大丈夫大丈夫、あとは洗濯するだけだし」

「わたしの体温とにおいを、しばらく楽しんでくださいね」

「楽しまねえよ」

見直したと思ったらこれだ。

やれやれとため息をつくと、いつの間にか本間は家をあとにしていた。

窓の外に見えた本間は、俺に気づくと投げキスとウインクをした。

「強キャラすぎだろあいつ」

ヤベーやつなのはおまえもだよ。いい意味で。

外はいつの間にか薄暗くなっている。

そろそろ雛形を迎えに行こうと思い、本間が脱ぎ捨てたワイシャツを着ようとしたけど、さっきの言葉が脳裏をよぎり、結局、そのまま私服に着替えて出かけることにした。

車庫に入り、バイクにかけたカバーを外し、もう一つヘルメットがあることを確認してキーを挿した。


学校に到着し、体育館のほうを見てみると、まだ中は明るかった。

出てくるのを二〇分ほど待っていると、体育館の照明が落ちた頃にこちらへ歩いてくる雛形の姿が見えた。

彼氏ができそうだの何だのは、あんまり気にしないようにしよう。

手を振ると、雛形が気づいた。

「ごめん、遅くなった」

小走りで駆け寄って来ようとするので、俺は慌てて止めた。

「いいって！　急がなくて」

「これくらいなら大丈夫だから」

まあそう言うなら。

それなら、来月くらいには元通り走ることができそうだな。

「迎えに来いだなんて、我がまま言って、ごめん」

「ううん。いいよ。嫌だったら断ってるから」

「今日はバイク？」

「そのほうが、楽ちんだろ」

足に障ることもないだろうし。

「……」

不服そうに雛形は表情を曇らせていた。

「歩いても、よかった」

「何で？」

「…………そのほうが」

続きを待っても、うつむく雛形は何も発しない。

「今日はもうこれで来ちまったから」

そう言って俺はヘルメットを手渡す。

校門から出てくる女子数人がこっちに気づいた。

「雛形先輩、お疲れ様です」

「あ、うん。お疲れ」

どうやらバスケ部の後輩らしい。

少し離れたところから、その一年女子たちが黄色い声を上げていた。

「付き合ってるんでしょ？」

「幼馴染《おさななじみ》なんだって」

「えー！　結婚するじゃん!!」

「あたしも彼氏ほしぃ～」

聞こえてないと思ってんのか。

あれこれ言われ放題だった。

雛形を見ると、ヘルメットを抱いたまま顔を真っ赤にしてうつむいている。

「なんか、その、勘違い、されたっぽいな」

「……」

うんともすんとも言わない雛形を不思議に思いつつも、持っている鞄を預かる。

「結婚するじゃん……」

聞こえた発言を雛形がぼそっとつぶやいた。

口元がめちゃくちゃゆるんでいる。

「雛形、早くヘルメット被《かぶ》ってくれ。色んな人にどんどん目撃されていっているから」

「あ、うん……」

ヘルメットを被ると、その瞬間、眉間に皺《しわ》ができた。

すぐさま脱ぐと、ヘルメットと俺を交互に見た。

「……これ、本間さん被った?」

ああ、そういや、バイト帰りに……。

「うん。乗ったから」

よく本間だってわかったな。

「……」

さっきまでいっぱいに開かれていた雛形の目蓋は、もう七割近く閉じられている。

そこから覗《のぞ》く眼光はめちゃくちゃ冷たかった。

「私……歩く」

「いや、乗れって。足に障るだろ」

「いーい！　歩く！」

「よかねえだろ」

「後ろからぎゅってされたでしょ」

「じゃないと危ないからな」

「バカ！」

至近距離で思いっきりヘルメットを投げられた。

「あぶねっ⁉」

かわしながらどうにか両手でヘルメットをキャッチした。

俺じゃなかったら直撃してコメディまっしぐらだったぞ。

「帰る」

ズンズンズン、と音が出そうな大股の早歩きで雛形は歩きはじめた。

「おい、待てよ」

俺が声をかけると走り出した。

「走んなって！」

迎えに来てほしいって言うから来たのに、何なんだよ。

3　修学旅行

それからバイトが休みのときは、何度か雛形《ひながた》を学校まで迎えに行った。ご要望にお応えして、バイクではなく歩きで。

正直運転したいっていうのがあったけど、本人がそう言うのなら仕方ない。けど、本間《ほんま》が乗ったってよくわかったもんだ。そのことを思い出して俺はぼそっとひとりつぶやく。

「雛形ってエスパーなのか……？」

「はぁ？」

新幹線の車内。

隣にいる杉内《すぎうち》がワケワカランと言いたげに片眉を上げた。

「だったらもっと話は早《はえ》ぇよ」

意味がわからず、今度は俺が首をかしげる番だった。

「どゆこと」

「何を思っているか知らねぇけど、たぶん殿村《とのむら》が悪い」

「何も説明してねえのに断言すんなよ」

通路を挟んで反対側では、手前から三瀬《みせ》さん雛形内之倉《うちのくら》さんという並びで座っている。

内之倉さんはハンドタオルを顔にかけて窓側にもたれていた。

たぶんあれは寝てるな。

雛形は、こっちをちらっと見ては自分を落ち着かせるように長く息を吐いている。どっかのアスリートみたいだった。

三瀬さんは、俺と目が合うと荷物棚から鞄を引っ張り出した。

「オセロあるけどやる？」

電車の中でオセロってあんまやらないんだよ、三瀬さん。

「ありがとう。でも大丈夫だから」

「そっか……。じゃ麻雀《マージャン》は？」

「またテーブルゲーム」

なんでなんだよ。

「あ！　麻雀は三人でもできるよ」

引っかかってるのはそこじゃねえ。

「のぶ子、トランプはないの？」

「トランプ？　ないよ？」

ぽかんとする三瀬さんだった。

「のぶ子、何持ってきたの？　遊べるやつ持ってくるって言ってたけど」

あれから班行動を決めるホームルームがもう一度あり、そのとき三瀬さんは遊び道具を持っていくって言っていた。

だから、トランプなんだろうなって思ってたけど、王道をことごとく外していた。

「他には……将棋」

「て、テーブルゲームだ」

アナログの遊びってテーブルゲームしかないと思ってるのか。

「将棋、いいね。やろうぜ、ガチで」

杉内が食いついた。

「うん。ガチで」

修学旅行中にガチで将棋するやつあんまいねえんだよ。

それはともかく。通路を挟んでだとやりにくいだろう。

「席、三瀬さんと替わるよ」

「オレがあっち行くから」

「そう？」

話を聞いていたのか、ぴょこん、と雛形が背筋を正した。

「ひながっさん、ごめんけど、オレと席替わってもらえる？」

「う、うん」

なるほど。自分が雛形と替われば内之倉さんの隣に行けるってわけか。

三瀬さんが席を一度立ち、雛形と杉内が入れ替わる。そのタイミングで、三瀬さんが席を詰めて雛形が座っていた場所に座った。

「……のぶ子」

「うん？　また席替わると思うから」

杉内の目論見《もくろみ》は悪意ゼロの三瀬さんの前にあっさりと破れることになった。

手荷物だけ持ってこっちに雛形がやってくると、肩を縮めて背もたれも使わずに座っている。

「雛形？」

またさっきのように、アスリートの呼吸法をやっている。

スマホを取り出した手が震えていた。

「何か緊張してる……？」

席が隣ってのは、学校では毎日そうだし、登校するときも隣だ。

今さら何を、と思っていると、雛形がカメラを起動させた。

「しゃ、しん……と、る？」

「外の？」

訊《き》くと、ぶんぶん、と首を振った。

「ええっと……」

髪の毛で横顔を隠そうとする雛形。耳がじんわりと赤くなっていった。

もしや、と思って訊いてみた。

「一緒に写真撮ろうってこと？」

こくこく、と二度うなずいた。

思い出ってやつだな。

俺が了承すると、雛形がインカメラにして腕を伸ばす。

「との……隆之介《りゅうのすけ》、もうちょっと寄って」

「けど、これ以上は」

「い、いいから……っ」

こそこそ、と雛形は声を潜める。

周囲にバレるのがよっぽど恥ずかしいらしい。

杉内だけはちらちらこっち見ているけど。

俺が寄らないので、雛形が腰を少し浮かせて距離を詰めた。

肩も腕も太ももくっついた状態になると、カシャリ、と一枚撮る。

表示された一枚はよく撮れていた。

「あとでもう一枚。納得いかないから」

「どこが」

「私の顔が、赤い」

「そう？　見せて」

「いい。今ほんとに赤いから」

そっぽを向いた雛形は、髪をカーテンのようにして横顔を隠した。

それを指ですっと払う。

たしかに、いつもよりも頰《ほお》も耳も目元も赤かった。

「な、何で見てくるの！」

バシンと太ももを叩《たた》かれた。

「いて。写真のほうは赤くなかったから」

「あとでもう一回撮る。いいコンディションのときに」

雛形なりのタイミングってやつがあるらしい。

「一回と言わず、何回でもいいよ」

減るものでもないし、手間がかかるものでもない。

シャッター音なんて、車内のそこら中から聞こえているし。

「うん……わかった」

そう言うや否や、カシャカシャと俺を撮りはじめた。

「俺だけの写真そんな何枚も要らねえだろ」

ツッコむと、雛形はそれがおかしかったのか、くすくすと肩を揺らして笑った。


ブブ、とポケットの中でスマホが振動する。

確認をしてみると、相手は本間で、『今移動中ですかー?』とひと言メッセージが送られてきていた。

平日の昼間だから今は授業中だろうに、何やってんだ。

『雛形先輩の好きな人、誰かわかりましたか？w』

草をつけるな、草を。

あれ以来、雛形には詳しく訊いてない。

俺じゃないって確定しつつある情報が、より強固になりやしないかと思うと、どうしても詳細を確認するのはためらわれた。

その雛形はというと、隣の席で旅のしおりを熟読している。

「二日目……自由行動……」

手元にはスマホがあり、地図アプリを使って何かを調べていた。

真面目な雛形のことだ。

どこにどうやって行くのか確認しているんだろう。

ぼんやりと外を眺めていると、雛形からメッセージが届く。さっき撮った写真が添付されていた。

顔が赤いから撮り直すって言ったものだけど、それでいいからほしいって俺が言ったからだ。

「二人だけで写る写真って、すごい久しぶりのような」

つぶやくと、聞こえていた雛形が教えてくれた。

「小学生のとき以来だよ」

そんなに前なのか。

「これからは、もっと増える……といい」

小声で雛形はそんなことを言う。

増えるといいって、そりゃ俺もそう思うけど、そうはいかないだろう。

付き合うことになるかもしれない誰かがいるのなら、そいつとの時間のほうが増えていくだろうし。

はあ、と俺は窓に向かってため息をついた。

告白……するか。

けど、『え。隆之介は幼馴染《おさななじみ》だから……そういうふうに見てなかった』って言われそう。

あり得そうだな……。

相談者としての立場をまず優先するって決めたのに、何かある度にゆらゆらと気持ちが揺れてしまう。


しおりの予定よりも二〇分ほど遅れて到着したのは、国内屈指の日本庭園。ここを一時間から二時間ほどかけて回り、そのあと宿に向かうらしい。

クラスごとに順路を歩きだすと、俺の隣には定位置のように杉内がやってきた。

でっかい松や池などを観覧していくわけだけど、正直よさがさっぱりわからん。

「うっちー、ずっと寝てたわ」

「おまえと違って部活でお疲れなんだろ」

「殿村だって部活してねえだろ」

ブーメラン発言だろ、とばかりに杉内は言う。

「俺はおまえと違って放課後やることとあるんだよ」

「本間ちゃんとイチャイチャするとか？」

「何で本間なんだよ」

「バイクの後ろに乗っている写真、見せてもらったから。すげー嬉《うれ》しそうだったぞ」

あいつ、そんなもん撮ってたのか。

「おまえにゃ、おちんちんついてねーのかよ」

「そんなの、今日の風呂で確認してくれよ」

てか、さっき一緒にトイレ行っただろ。

「教室ではひながっさんとイチャついて、バイト終わりは本間ちゃんとイチャついて」

「イチャついてねえって」

こいつは、俺がイチャついているってことにしたいんだな？

「うっちー、オレのこと見向きもしてないよな？」

「だろうな」

「否定してくれよ！　それ待ちなんだよ、こっちはよぉ！　わかれよ！」

面倒くさいな、こいつ。

そのあと、とてつもないデカいため息を杉内はついた。

「誰でもいい……。オレぁもう誰でもいいからイチャイチャしてぇ………っ」

天を仰ぐ杉内。

心情とは裏腹に、青い青い、綺麗《きれい》な空だった。

「泣くなよ、杉内」

「泣いてねえわ」

「その仕草でそのセリフ言ったら、泣いてるか雨降ってるのどっちかなんだよ」

「ずーっと好きなのに手応えねえのって、キツいんだよ。おまえにはわかんねえだろうけどなッ！」

「情緒不安定だな」

俺と杉内は、庭園なんてそっちのけで話に夢中だった。

クラスの人たちよりもずいぶん先に進んでしまったけど、どこかで待って帳尻を合わせればいいだろう。

「ええっと。整理すると、内之倉さんがつれないから、自分を好いてくれそうな誰かがいないかなーってことか。でも本命は変わらない、と」

ぽんぽん、と肩を叩かれた。杉内は彫の深いいい顔をしていた。

「坊主、わかってんじゃねえか」

ウゼえな、その顔。

「うっちーがマジでソルトだから、浮気心も出てきちゃうわけよ。これは、押してもダメなら引いてみろってやつ……だよな？」

だよなって、俺に訊くなよ。

「で、オレぁ、考えたんだよ。ナンパすりゃあ、うっちーもオレの魅力に気づくんじゃねえかってな」

「意味がわからん。セリフの前後繋《つな》がってる？」

「カァーッ、わかってねえな、おぼっちゃんは」

そう言って杉内は作戦を教えてくれた。

「ナンパをするだろ。女の子を捉《つか》まえるだろ。その子と遊ぶだろ。それを知ったうっちーは、オレの雄としての魅力を客観的に理解するんだ」

この作戦を新幹線の車内でずっと考えていたらしい。

「上手《うま》くいくわけねえだろ……」

悲観的な俺と違い、杉内はポジティブだった。

「上手くいけば御の字。ダメなら…………骨は拾ってくれ」

キラりと白い歯を見せた杉内は、黒髪と金髪の大学生二人組の女性のほうへ真《ま》っ直《す》ぐ歩いていった。

うわ。マジで行きやがった、あいつ。

「――、～～」

は、話しかけた！　無視されるだろうなって思ったけど、案外普通にしゃべってるぞ……!?

警戒が見え隠れする女性二人。杉内がこっちを指差すと、ちらりと一瞥《いちべつ》をくれた。

そしてまた会話に戻ると、ときどき笑みがこぼれている二人。

制服だから修学旅行生っていうのはすぐにわかっただろう。

杉内が、ギギギギ、とこっちに首を回し、手招きをする。

何だ。何か緊急事態か……？

一応中学からの仲だ。警察に通報される前に弁解くらいしてやろう。

小走りで俺は三人のもとへ駆け寄った。

「すみません、このバカが。旅先のテンションっていうか……」

俺が開口一番に謝って頭を下げる。

大学生……もしくは社会人のお姉さんで、近くで見るとちょっとギャルっぽい。黒髪と金髪で体形はどちらもスレンダーだった。

「じゃ〜どうしよっか」

黒髪ギャルが言うと、俺はまた謝った。

「すみません。110番とお巡りさんだけは――！」

懸命に謝ろうとしていると、杉内が遮るように肩を叩《たた》く。

「おい、杉内、おまえも何か誤解を解く発言を……」

「と、と、ちょの村……」

噛《か》むなよ、人の名前。

杉内の様子は思っていたものと違っていた。

目を点にして、二人を指差している。

「な、なんか、い、いいんだって……、お、オレたちと、あ、遊んでも」

「は？」

今度は俺が目を点にする番だった。

……オレ、たち？

俺巻き込まれとる⁉

「うん。そーだよ。だからどうしよっか？　って話をしようとしてたんだよ？」

くすっと黒髪のお姉さんは笑う。

マジか。マジなのか？　何で⁇　からかわれてる⁇

状況が呑《の》み込めないでいると、金髪のお姉さんは言う。

「あたしたちも温泉旅行しててねー。調べたら、このへんクラブとか全然なくて超ウケるじゃん？　だから、夜どうしよっかーって話してたの」

クラブがないと、ウケるの？　こっちの地元は夜一〇時以降開いてる店のが少ないんですけど。

ちょっとしたカルチャーショックを受けた。

俺は肘で杉内をつついた。

「どうすんだ」

本気で成功するなんて一ミリも思っていなかった俺は、内心驚くとともにテンパっていた。

このお姉さんたちも旅先で解放感があるせいか、ちょっとしたノリでオッケーって言ってくれた雰囲気がある。

「よ、夜なら旅館抜けれます、自分」

ピシっと踵《かかと》を揃《そろ》えて杉内は言う。

こいつ、本気で計画を実行に移す気だ……！

ふふ、とお姉さんたちは、ペットでも見るような温かい眼差《まなざ》しを杉内に送っている。

「今団体行動チューだもんね。じゃ夜にしよっかぁ」

展開に追いつけない俺は、二人に尋ねた。

「な、何でオッケーしてくれたんですか……？　俺たち、金とかもないですし」

「一生懸命な感じが、なんか可愛《かわい》くってぇ、推せそうだったから」

金髪のほうが直立する杉内をちらりと見る。

自分だとわかったのか、杉内はホクホク顔だった。

「そ、そうですか？」

俺が怪訝《けげん》に尋ねると、黒髪のほうがくすっと笑った。

「声かけてきといて、めっちゃ疑うじゃん」

杉内が暴走しただけだけどな。

「あたしたちアパレル店員やってんの、普段。それで休みを利用してちょっと遠出ってわけ。あたしも、君がアリアリのアリだったから」

黒髪のお姉さんと目が合う。

「アリアリの、アリ、ですか」

「そゆこと。まー、そんな構えないでよ。ご飯おごるしさっ」

ぺしぺし、と気軽に肩を叩かれる。

「えっ、SNSか、連絡先、交換しましょう」

杉内が言うと、すんなり了承してくれた金髪のお姉さん。

IDか何かを杉内に教えて、残像すら見えそうな指捌《さば》きで杉内がユーザー検索し、フォローしただのメッセージを送っただの、そういうやりとりをしていた。

杉内と連絡が取れれば俺と連絡先を交換する意味もないと思ったのか、黒髪のお姉さんはとくに何も言わなかった。

「じゃあねっ。退屈でも夜までは大人しくしとくんだぞ？」

黒髪のお姉さんがそう言うと、金髪のお姉さんと一緒に去っていった。

「……どうすんだよ、杉内。夜抜けられるのか？」

「い、イケるだろ」

「俺行かねえからな？」

「なんっっっで!?　はぁぁぁあ!?」

俺の肩を摑《つか》んだ杉内は俺をゆさゆさと揺さぶった。

「ヤれる、あれは！　絶対！　この世に数少ない絶対のひとつだろ！」

「てか俺を巻き込むなって。あの作戦は、そもそもおまえ一人のもんで」

「待ってんだぞ!?」

目が血走ってる……。

「大人になれよ、殿村」

「名言が汚れるから、おまえは二度とそのセリフ使うなよ？」

「大人になるんだよ今夜！　オレたちゃぁようッ！」

熱弁振るう杉内の唾を回避しようと顔を背けると、先に進んでいた俺たちにクラスが追いついたらしく、見慣れたクラスメイトの顔が見え――。

立ち止まっていた俺たちの班の女子三人がこっちを見つめていた。

さぁーっと血の気が引いた。

　い、いつからそこに――!?

　雛形の責めるような目線に耐え切れず、俺は目をそらす。

「殿村くん、さっきのお姉さんたち、知り合い？」

　三瀬さんが何気なく尋ねてきた。

「ええっと……全然知らない人。なんか、ちょっとしたきっかけで、話し込んで……」

　ふっ、と雛形の視線の圧がゆるくなった気がした。

「殿村くん、すごいねぇ。知らない人とあんなに話せるなんて」

　あんなに話せる――!?

　結構前から見てるっぽいな!?

「でも、夜抜けるって、さっき……」

　三瀬さん。あんまり深掘りしないでくれ……。

「みんなで夜はジェンガするって約束したのに」

　したっけ？

　悲しそうな顔をする三瀬さんに、覚えていないとは言えなかった。

　……どんだけ楽しみにしてたんだよ。

てか、何でそういうのは持ってくるのに、王道オブ王道のトランプ持ってこねえんだよ。

雛形も内之倉さんも、いまだに沈黙したまま。

逆にそれが怖い。

「杉内。おまえも何か説明してくれよ。元はというとおまえのせいだろ」

おほん、とわざとらしい咳払《せきばら》いをして、杉内は口を開けた。

「まあなんてーか？　オレが声かけりゃこんなもんっていうか。一生懸命で可愛いらしいから、まあ、うん」

うわ、だっせぇ……。さっき褒められたからって、天狗《てんぐ》になってる。

「夜も、遊びに誘われたし、どうしようかなって。ダルいから行かなくても、いっかなぁ～って」

イキり顔がうるせぇ……。

さっき俺の前で言ったのと真逆のこと言ってやがる。大人になるのがどうのこうの言ってたくせに。

けど、それは当初の作戦でもあった。

他の女性が自分を放っておかないっていう、塩オブ塩の内之倉さんへのアピールだ。

「へえー、そうなんだ。すごいじゃん」

意外そうに目を丸くする内之倉さんは、単純に感心しているようだった。

「すぎっち、ギャル好きなんだ？」

ぶふっと俺は吹き出しそうになるのを堪《こら》えた。

完全に勘違いされてるし。

裏目。

内之倉さんの興味を引くための作戦だったのに、完全に裏目。

「――違う違う違う違う違う違う、うっちー、違うよ⁉」

必死で杉内は否定していた。

唇をどうにか結んで笑い声を我慢していると、

「お、オレは、殿村に言われて――」

流れ弾が飛んできた。

「はぁあ⁉」

こいつ、自分が言い出しっぺで暴走したくせに。

「勝手にはじめたくせに俺を巻き込むなよ！」

「うっせぇ！　『死ぬときは一緒やで』ってあの日誓ってくれただろ⁉」

「関西弁の時点でその相手俺じゃねえんだよ」

ビー玉みたいな瞳の雛形がぽつりと言う。

「隆之介も、ギャルが好き……」

こっちも飛び火した⁉

「プフフ……おまえだけ難を逃れようなんて、許さねえからな……」

「おまえは自業自得だろ！」

「死ぬときは一緒やで」

「ぶっ飛ばす……」

ケタケタと悪魔みたいな笑い声をあげて逃げる杉内を追いかけ、俺はその背に飛び蹴りを食らわせた。

4　夜

庭園のレポートを学校に帰ったら出せ、なんて言われていたけど、庭園の情緒に触れる余裕のなかった俺は、周囲がメモを取ったり写真を撮ったりしている中、何もやってなかった。

あとで、三瀬《みせ》さんか雛形《ひながた》に頼んで見せてもらおう。

あれもこれも、ナンパ事件の誤解を解いていたせいだ。

それでも、まだ雛形とは気まずさがある。

杉内《すぎうち》め……。

バス移動が終わると、到着した旅館の部屋へ向かう。

俺と杉内は同部屋で、他にクラスメイトの男子が四人いる。

「雛形さんと内之倉《うちのくら》さん同部屋かぁ」

しおりを確認していた一人がぽつりと言う。

「え、ちなみに風呂何時？」

「八時半。女子も同じ……」

「ほう……」

古いタイプのラブコメをしようとしていた。

「お子ちゃまですのう」

上から目線の杉内は、ちらちらと気にしていたスマホを摑んで、何か操作をしている。

「メッセージ来た？」

「おう。なんかSNS調べたけど、ヤベー人じゃなさそう。ふつーのギャル系のお姉さんって感じ」

行くつもりがないから全然心配してなかった俺に、杉内はその根拠をつらつらと述べだした。

SNSの投稿に生活感があるだの、もし騙《だま》す気ならもっと金持ってるやつだろう、とか、彼女たちの発言を裏付ける情報を教えてくれる。

「八時に、今日オレたちが降りた駅で待ち合わせしようってことになったけど」

ご丁寧にスマホで経路とかかる交通費まで調べていた。

こいつ、ガチだ。

「マジで行くのか、杉内」

「おてぃんてぃんついてねえのかよ」

「そういう話じゃねえだろ」

「そういう話だよ。こっそり抜けて、そこまで遅くならないうちにバレないように帰ってくればいいんだろ？」

「そのクソ度胸なんなんだよ」

知らない街、知らない人、知らない夜。

そんな背伸びしたような遊びをしなくてもいいんじゃないかって思ってしまう。

「コーフンしてたからヤれるだの何だの言ったけど、実際はそんなんじゃなくて、ただ単に遊んでくれる暇つぶしの男がいてほしかっただけなんだと思うぞ」

こいつが自棄《やけ》気味な理由は、内之倉さんの反応にもあった。

盛大に空振りしたもんだから、引っ込みがつかなくなっているんだろう。

「ふわっとしてねえで、腹くくれよ。そういうところだぞ、殿村《とのむら》」

思いのほか真面目なトーンで杉内が続ける。

「あれでもない、これでもないって悩んで。あとはバット振るだけなのにさ」

「……変な意味で？」

「違う。たとえだよ。たとえ」

バットを振るだけ……。

たぶん野球にたとえたのは、俺にわかりやすいように配慮したつもりなんだろう。

杉内は、俺の雛形への気持ちを察している節がある。

たぶんそのことだろう、と俺は訊《き》き返した。

「振ってみた結果、その試合が終わるかもしれない」

「一回きりの対戦ってわけじゃないだろ。振ったあと考えりゃいいよ」

まあ、そうなんだけどな。

杉内みたいな度胸が俺にないから、こいつは『そういうところだぞ』って言っているんだろう。

「杉内のくせに」

「へへ」

照れくさそうに鼻の下をこすって、手の甲で俺の胸をトンと叩《たた》いた。

微妙に仕草がダサいのが残念なんだよなぁ。

館内着である浴衣に袖を通し終えた頃には、食事の時間となり宴会場として使われる大広間に向かった。

そういや、本間《ほんま》から『せんぱーい。泊まるところは旅館なんですよね？　だったら浴衣着ますよね？　写真撮って一枚送ってくださいね』って言われたけど、普通に断った。

何でそんなことしなくちゃならんのか。

大広間に行く途中で、雛形とその部屋の女子たちと鉢合わせた。

雛形の浴衣姿は、背の高さと細身な体形が相まってか、めちゃくちゃ似合っている。

サイズは違えど、三瀬さんと同じものを着ているとは思えないくらいの着こなし具合だった。

前にいる雛形が進まないので不思議に思っていると、スマホを持った腕を前に伸ばした。

インカメラにしていたらしく、画面には俺と雛形が映っていた。

カシャリと一枚を撮る。

「撮った」

「……撮ったな」

「……あ、あとで送る」

「お。おお……」

新幹線の中では顔が赤いからどうこうと言っていたけど、今はもう大丈夫なんだろうか。

そのまま雛形は何も言わず、背を向けたまま大広間に入っていった。

何人かに見られていたので、恥ずかしくなったのかもしれない。

俺も大広間の中へ行き、用意されている膳の前に座る。

和食御膳と言うのが正しいであろう夕食は、控えめに言ってもめちゃくちゃ美味《おい》しかった。

「もう食えねえわ」

ご飯をおかわりしまくってお櫃《ひつ》を空にした杉内は、腹をさすりながら言った。

夕食の時間自体はもう終わっているため、大広間には話し込んでいる何人かが所々いるだけだった。

「杉内、行くんだろ、今夜」

「ああ……あれな。やめとくわ」

「結局やめるんだ」

バツが悪そうに杉内は顔を背けた。

「……殿村に偉そうなこと言ったけど、さっきの発言ブーメランだったなってちょっと反省してんだよ、オレ」

「おまえに反省っていう行動コマンドあるってはじめて知ったわ」

「茶化《ちゃか》すなって」

つまようじをくわえて席を立つ杉内に、俺もついていく。

「どっかのタイミングで、うっちーに、告るわ」

「え。マジで」

「マジ」

なんなんだよ、そのクソ度胸。

俺にもちょっとわけてほしいくらいだ。

「やべ。緊張してきた。そのせいで吐きそう」

「緊張のせいなのか、それ」

ぱすぱす、とスリッパを鳴らしながら、部屋へと戻っていく。

もうしばらくすると、うちのクラスの風呂の時間だ。

ネットでこの旅館の大浴場の営業時間を調べたら、深夜一二時までやっているとか。

何でそんな急いで入らなきゃならないのか不思議でならない。

他の客とのトラブルを避けるためでもあるんだろうけど。

バッグを漁《あさ》って準備をしている杉内が、ぼそっと宣言した。

「ちょっと女風呂覗《のぞ》くわ」

「ラブコメの教科書みたいなことすんなよ」

「うっちーにアレするモチベーションを上げるんだよ」

「人間としての価値は下がるぞ」

「うっせえな」

杉内は小学生みたいなキレ方をする。

この会話が聞こえていたらしく、他の同室の男子たちも乗ってきた。

「できるわけないけど、ワンチャンあるかもしれん」

「覗こうとするやつなんていないと思っているだろうから、そこが穴になる」

「こうなるだろうと思って、暗視スコープを持ってきたぜ」

おい、一人だけ覗きガチ勢いるじゃねえか。

俺以外のみんなは、ハイタッチをかわし戦場に向かう戦士のような凛々《りり》しさで部屋を出ていった。

……バレて一晩中説教されればいいのに。

みんなと入るのが嫌とかではないけど、満腹なので動く気がしない。

日付変わる前まで営業しているんだから、あとで適当にささっと入ってくればいいか。

テレビをつけて適当にバラエティを流していると、ふと思った。

「雛形も見られちまう、のか――？」

メッセージ送っておこう。

『覗こうとしているバカがいるから気をつけろ』

そのとき、コンコン、とノックの音が聞こえた。

忘れ物をした誰かだろう。

そう思って扉を開けると、雛形がいた。

「ん？　どした」

「き、来た」

「来たって……今は風呂の時間だろ？」

「それは、隆之介《りゅうのすけ》も同じ」

「俺はあとで入るからいいんだよ。……よく部屋にいるってわかったな？」

「杉内くんたちがお風呂のほうへ歩いているのが見えて、そこに隆之介がいなかったから、ここかなって」

あ、そう、と俺は適当に相槌《あいづち》を打って、ひとまず中へ入れることにした。

「散らかってるけど、どうぞ」

「お邪魔します……」

控えめに中に入ってくる雛形。

男だけの部屋に雛形といるっていうのは、なんか変な感じだ。

三瀬さんと内之倉さんは今ごろ風呂に入っているだろうとのことだった。

「雛形は、入らないの？」

「一人がいいから」

「何で」

「は、恥ずかしい……から。見られるの」

あ。『ない』からか。

雛形くらいになると、どんな体してるんだろうって注目されることもあるんだろう。タオルで隠せばいいんだろうけど、脱衣所でちらっと見られるのも嫌なんだとか。かなりのコンプレックスらしい。

「今日の夜、遊びに行くって聞いた」

「ああ、あれな。杉内が勝手に言ってただけで、俺は元々行く気はなかったよ。結局その杉内も行かないみたいだし」

思えば、あいつの気はころころと変わるな。

変なところで行動力があるというかなんというか。

「そ、そう。そうなんだ」

雛形が小さく安堵《あんど》の息をつくのがわかった。

「明日の自由行動楽しみだね」

そう言って雛形は部屋を出ていった。

どうやら今夜遊びに行くかどうか確認しにきただけらしい。

そんなのメッセージを入れてくれればいいのに。

しばらくぼんやりしていると、仲居さんがやってきて、テキパキと布団を敷いてくれた。

その頃には杉内たちも帰ってきて、敷かれている布団に感激していた。

「戦果はどうだった?」

「あれは通報覚悟で正面突破しか無理だわ」

夢破れた男は、嘆くように首を振っている。

実際そんなもんだよな。

やがて恋バナがはじまった。

誰と誰が付き合っていて、今は誰がフリーだとか。どの組の誰を狙っているだとか。

意外にも雛形の名前が上がらない。

「うちのクラスだったら、内之倉さんよくね?」

「あー、あのサバサバしてる感じが?」

「エロいことしてても淡々としてそう」

「ありだなぁ」

「大学生とかと付き合ってたりして」

根拠のない噂話《うわさばなし》に、いちいち杉内が反応している。

「大学生とか、逆にない。うっちーはあるとしたら年下とか」

有識者が話題に入っていった。

「あでも、うっちーはマジでやめといたほうがいいよ。マジで」

「なんで？」

「ちょっと多くは言えねえけど、やめといたほうがいい」

杉内、ライバルを減らすためにめちゃくちゃネガキャンしてた。

「うっちー、実は女の人のほうが好きって話を聞いたような聞いてないような」

それっぽい嘘《うそ》をつくんじゃねえ。

それならおまえは撃沈確定じゃねえか。

「ひながっさんは？」

全然話題にならないのを不思議に思ったのか、杉内が誰にともなく尋ねた。

「雛形さんは、なぁ」

みんな目を見合わせると、ちらっとこっちに視線を寄越《よこ》した。

「え、何」

「いや。何でも」

全員例外なくニヤニヤしている。

何なんだよ、その反応。

そういや、何か忘れているような気がするけど、何だったか思い出せない。

夜が深くなり、消灯時間が近くなった頃に、俺はようやく大浴場へと向かった。

タイミングがよく、客は俺以外誰もいなかった。

手早く体を洗い、外の露天に入る。

「へくちっ」

へくち？

女風呂のほうからだ。

あのクシャミは……。

「雛形？」

「………隆之介？」

壁越しに小さく声が聞こえた。

「こっち誰もいないんだ。貸し切り状態で。入る時間被《かぶ》ったな」

「みたいだね。こっちも貸し切り状態」

ふうん、と俺は相槌を打つ。

そんなとき、背にしている壁の石がごろっと取れてしまった。

やべ、壊した……？　でもこれは、壊れてた？　っぽい？

握り拳ほどの穴の向こうには、女風呂。

「……」

誘惑に負けてほんのちょっと覗いてみると、タオルを頭に巻いている雛形がいた。

うわ!?　やべ。マジでちょっと見えた!?

すくったお湯を体にかけている。

「隆之介？」

ばっと俺は穴から顔を離した。

「な、何、え、どうかした」

「もう上がる？」

「いえ、まだです」

「敬語？」

俺は慌てて取れた石で穴を塞いだ。

「私、上がるから」

ぱしゃり、と水音が鳴る。たぶん立ち上がったんだろう。

全然気にならなかった物音から、覗いてしまったせいですべてが想像できてしまう。

ぴたぴた、と足音がして、からからと戸の開閉音がする。

俺は大きなため息をついた。

この石のことは、あとでフロントに言っておこう。

5　迷子と神社

「のぶ子ー、最初ってどこ行くんだっけ？」

杉内《すぎうち》が尋ねると、三瀬《みせ》さんは確認することなく答えた。

「最初はお城」

「ういー」

路線バスの最後列に陣取った俺たちは、このあたりの観光名所のひとつでもある城を目指していた。

二泊三日の二日目の今日は、一日中班で自由行動。

行く場所は決められていて、こっちはその中からいくつかのスポットを選んでルートを決めるだけでよかった。

俺たちのように城を目指している生徒が他にもいて、今は地元の乗客より修学旅行生のほうが多かった。

昨日、あれから俺が部屋へ戻るとすでに消灯の時間が過ぎており、全員寝ていた。

消灯のときに点呼があるはずだけど、俺がいないことは上手《うま》く誤魔化《ごまか》してくれたらしい。

じい、と三瀬さんがもの言いたげに俺を見つめてくる。

「三瀬さん、何？」

「……昨日の夜……」

夜？

ふっと露天風呂での雛形《ひながた》のことを思い出し、頭を振ってそれを追い払った。

「夜が何？」

「……するって言ったのに。約束したのに」

「する？　約束？」

「やっぱり完全に忘れてる……ジェンガ、みんなでするって言ったのに」

あ。

何か忘れていると思ったらこれのことか。

悲しそうに三瀬さんは眉を下げている。

「でものぶ子、私たちとやったじゃん」

内之倉《うちのくら》さんがほんの少しフォローしてくれた。

「女子部屋は行けねえって」

苦笑しながら、俺はそもそも夜一緒に遊ぶことが難しかったと言いわけをする。

「楽しかった」

けろりと表情を一変させる三瀬さん。

ならよかったじゃねえか。

「まあ、栞《しおり》はお風呂行くからって途中で逃げたけど」

内之倉さんの目が笑っている。

「に、逃げて、ない」

「次負けた人は罰ゲームで好きな人か気になっている人を言うっていうタイミングで席立ったから、言いたくないんだなぁって思ってさ」

「たまたま。お風呂に行こうと思っただけだから。それに、負けてないから」

負けてたら、誰の名前を言うつもりだったんだ？

めちゃくちゃ気になる。

内之倉さんと三瀬さん、雛形の三人は、昨夜の話を続ける。

それを杉内がちらちらと盗み見ていてた。

「いつ言うんだよ」

「た、タイミングがあるんだよ、オレにも」

三瀬さんを俺と雛形が引きつけてどこかで二人きりにしてやろう。

計画表とにらめっこをしながら、その隙があるか考えるけど、バラけるタイミングがほとんどないんだよな……。

「そういえば」

思い出したように杉内は言う。

断りの連絡を入れて以降、昨日のお姉さんから返信がないらしい。

「ドタキャンってことだから、そりゃそうだろ」

「バイト先の先輩後輩として知り合いたかったたわぁ」

「まずはバイトしないとな」

「オレも何かやろうかな。夏休み」

そう言って、杉内は窓の外を眺めた。

城の最寄りのバス停に到着し、修学旅行生たちがぞろぞろと降りていく。

歴史に大して興味のない俺には、昔の建物ってくらいの感慨しか持てず、ぼんやりとただ眺めるだけだった。

隙を窺《うかが》っているけど、なかなか杉内と内之倉さんを二人きりにすることができない。

城の中に入ってからずっと「はわぁ～」と目を輝かせながら城内を鑑賞している三瀬さんは、解説を熟読したり、スマホで歴史を調べたりして、俺たちに聞かせてくれた。

それはありがたいんだけど、なかなかこの眼鏡っ子が難敵だった。

雛形はひと言言えば察してくれそうな雰囲気があるから、あとは三瀬さんなんだよな……。

「ここらへんは、使用人たちのお部屋だったみたいで――」

「栞、足、平気？」

「うん、ありがと」

「おい、殿村《とのむら》、外見てみろよ」

「うぉ、結構高いんだな」

「あ……誰も聞いてない……」

こんな調子で順路通り城の中を歩き回り、出てくると少し休憩することにした。

俺たちは、男女にわかれてベンチに座る。

「何か飲み物買ってくるけど、欲しい人いる？」

内之倉さんが尋ねると、俺はピンときた。

これは――。

「杉内、なんか飲み物買ってきてくれよ。内之倉さんだけじゃ、持てないかもしれないし」

「……」

普段なら自分で買ってこいよ、とでも言い返しそうなものだけど、勘づいた杉内が、のっそりと立ち上がった。

「買ってくるわ……」

「お、おう」

先に歩きだした内之倉さんを杉内が追いかけた。

やべ、こっちまで緊張してきた。

「わたしも自販機行ってこようかな」

立ち上がりそうな三瀬さんを、雛形がぐいっと引っ張った。

「？」

「のぶ子ちゃんは、あと」

「あと？」

「自販機は、あっちにもある」

「雛形さん、あっちは遠いよ」

雛形が援護射撃しまくっていた。

「三瀬さん、あそこで水飲めるよ」

「ジュースが飲みたいんだけど」

俺たちの謎の妨害を不思議に思った三瀬さんは、きょとんとした顔で首をかしげていた。

このままじゃ不審に思われる。話を変えよう。

「ジェンガの罰ゲームって、他に何があったの？」

「他にはー、男子のどこが好きかっていうフェチの話」

そんな話をざっくばらんに女子はしてるのか。

「ちなみに三瀬さんは？」

「身長かな。高いほうが」

にへへ、と照れくさそうに答えてくれた。

「そのときは、雛形さんが負けちゃったんだけど」

「ほう」

俺が興味を示すと、雛形が三瀬さんに向かってしーっと指を立てていた。

「あ。そか。ごめんね。本来罰ゲームの内容だもんね」

何を言ったんだ、雛形。

フェチか……。

相談に乗っているときに、そういうピンポイントな話はなかったもんな。

好きな人を探す手がかりになっただろうし、今思えば訊《き》いておけばよかった。

杉内と内之倉さんはというと、自販機で順調に買い物をしていっている。

会話をしている気配がないまま、真っ直《ます》ぐこちらへ戻ってきた。

「ほら。これ」

小さな缶を杉内に投げ渡され、それをキャッチした。

「あつ⁉」

つまみながらよく見ると、おしるこだった。

「余計喉渇くだろ」

「しょっぱい物を食べながら飲んだらいいぞ」

「甘いとしょっぱいを繰り返していけば飲める、じゃねえんだよ」

普通に飲めるやつ買ってこいよ。

……杉内の様子が普通だ。

どしん、と隣に座った杉内にぼそっと訊いてみる。

「ど、どうだった」

「業務連絡だけ、話した」

ああ、誰がどれ欲しかった、とか、そういう内容？

「切り出し方、ムズすぎるわ。空気読まないくらいがちょうどいいのかもしれん」

反省コマンドを炸裂《さくれつ》させる杉内だった。

「けど、上手《うま》いことタイミングを作ってくれて、ありがとな」

「そんな大したことはしてないから気にすんな」

「持つべきものは友達ってか」

口にするなよ。恥ずかしいから。

城から徒歩で移動をはじめた俺たちは、近くにある商店街で昼食を取ることにした。

このへんで昼飯を食べるっていうのは、計画で決まっているから、揉《も》めることも迷うこともなく、滞りなく移動ができた。

観光客らしき人も多い商店街は、人で賑《にぎ》わっており、近くに海があるからか新鮮な魚介類が色んな店先に並んでいた。

ひと通り歩いた結果、あれだけ魚介を見せられると、みんなそっちに引っ張られるらしく、海鮮丼を食べることに決まった。

店を決め、注文をしたあと、三瀬さんが午後からの行動を確認する。

このあとは電車とバスを利用して、美術館に移動。それで今日はおしまい。

移動を考慮しても、門限の一七時には間に合うだろう、という話だった。

食べ終わったあとは、他の班はもっと色んなところを回っているらしい、とか。お土産何にする、とか。雑談を少し挟み店を出る。

時間に余裕があったので商店街を各々見て回ることになった。

五人で固まっていると、なかなか杉内たちを二人きりにするチャンスがない。

どうしたもんか……。

「あれ？　雛形さんがいないような？」

三瀬さんが周囲を見回して、首をかしげた。

本当だ。いつの間にか雛形が消えている。

杉内たちを二人きりにさせる作戦かと思ったけど、それなら俺に何かしらの合図があってもいいはず。

てことは、はぐれた……？

「迷子だ。さ、探さないと！」

「のぶ子、大丈夫。殿村が探してくるから」

探すも何も、スマホで電話をかければ一発では。

「私、栞に連絡して――」

俺と同じことに思い至った内之倉さんを杉内が遮った。

「殿村が探してくるから」

「殿村くん、わたしたち、ここにいるから雛形さんをお願い」

「連絡すればすぐに――」

「つべこべ言わずに探しにいけよ」

こうして、俺は半ば強引に迷子探しをすることになり、さっき来た道を戻ってみることにした。

メッセージを送ってみるけど、既読がつかない。

これは電話をしても同じだな。

相変わらず観光客が多く、昼食時とあってさっきよりも道が混んでいる。

ふと、角に神社ののぼりが見え、そこから脇道に入ることができた。

細い脇道を進むと、その先に小さな神社があった。

俺は銀の手すりが左右についた一〇段ほどの短い階段を上がっていく。

商店街の喧騒《けんそう》が嘘《うそ》みたいに神社は静寂に包まれていた。

参道の脇で、雛形がしゃがんで猫を撫《な》でていた。

「おーい。何してんだ？」

「あ、隆之介《りゅうのすけ》」

くわぁ、と猫があくびをすると、撫で続けようとする雛形には構わず、てくてくと去っていった。

「みんな心配してるぞ」

「うん。ごめん」

名残惜しそうに猫を見送った雛形がこちらへやってくる。

「よくわかったね」

「雛形って、がやがやしたところより、静かなところのほうが好きだろ？」

自覚がなかったのか、一瞬考えるように視線を宙にやると、うなずいた。

「そうかも」

「だから、まあ、たまたまこっちに来たら見つけたってだけだよ」

雛形はどうしてここに来たのか尋ねると、さっきのあの猫が気になって追いかけてきたそうだ。

「で、気づいたらはぐれていた、と」

「反省」

大した騒ぎになったわけでもないので、俺に責めるつもりはまったくない。

見つけた、とだけ杉内にメッセージを送っておいた。

「……ジェンガの罰ゲーム、他にどんなのがあったの？」

今訊くことか？　と思いつつも、間がもたなかったので訊いてみた。

「みんな女子だから、そういう話題がほとんどだったよ。どこまで進んだことがある、とか、好きな人もそう。フェチ……とかの話も」

「雛形は、何だったの、フェチ」

「え？　ええっと……」

髪の毛をくるくると弄びながら、困ったように眉尻を下げて頰《ほお》を朱にしている。

三瀬さんが言ったみたいに、身長だったり、筋肉とか、あとは声っていうのも、選択肢としてあるだろう。

「人……」

小声でぼそりと雛形は口にする。

「え、何の人？」

「身近で優しい……人」

「それ、フェチなのか」

なんか、若干答えがズレているような。

「みんなにもそれ言われて……。でも、私、そういうのよくわからなくて。その人以外を、好きになったことがないから」

あぁー、あの人ね。誰か知らんけど。

「初恋ってこと？」

頬を染めたまま、目をそらして雛形はうなずく。

初恋、遅いんだな。

俺も人のことは言えないけど。

流れついでに、相談役として気になっていたことを訊いてみた。

「七〇％って思ったのはさ、何かあるの？　それをにおわせる言動があったとか」

「言動……？　困ったときには、いつもそばにいてくれるとか」

他にもある、と雛形は続けた。

「頼りになる」

頼りに、ねえ。

「目標を立てると、私が寂しくなるくらい、それに一生懸命で……」

におわせるっていうか、もうそれはただの、そいつの好きなところだろう。

「私が怪我《けが》したときも、足を気遣ってくれて……」

優しく接してくれた、と。

唇をぎゅっと嚙《か》む雛形は、意を決したようにもう一度繰り返した。

「足を気遣って……う。う。……う、しろに、乗せて家まで送ってくれたっ」

後ろに、乗せて？
不意打ちに、どくんと心臓が跳ねた。

「じ、自転車の？」

雛形は、まっすぐ俺を見つめて答えない。
瞳に捉えられたかのように、俺は目をそらせなかった。

どっくん、どっくん——。
脈拍が徐々に速くなっていく。
顔が熱い。
たぶん赤くなっている。
けど、こんなパターン何回もあった。

俺じゃない。
きっと俺じゃ――……。

いや。

俺もちょっとだけ、杉内のクソ度胸を見習ってみよう。

旅行の解放感が、そういう気分にさせたんだと思う。

確認してもきっと『ううん、違うよ』って笑われるだけだろう。

もう、それでいいだろ。

違うってことを、確かめよう。


唇を一度湿らせ、ぐっと拳を握る。

息を呑《の》む。

ただの確認、ただの確認。

そう頭の片隅で繰り返し、俺は口を開いた。

「雛形が言っているその人って、俺のこと？」

つ——、ついに言っちまった。

目線をおそるおそる上げてみると、雛形の反応はイエスでもノーでもなかった。

雛形は、顔を赤くして閉じたままの唇をぷるぷると震わせている。

あっさり首を振られるかと思ったけど……何だその反応。

「ひ、雛形？」

「っ——」

くるりと俺に背を向けて、雛形が走り出した。

「へ？」

たたた、と境内の物陰に隠れてしまった。

ちょっと待っても、何も言わず、出てくる様子もない。

「雛形……？」

俺、そんなに変なこと言ったか？　あの話の流れなら俺だって該当しなくはないはずだ。

近寄っていくと、すーはーすーはー、と何度も深呼吸を繰り返す音だけが聞こえた。

「りゅっ、のすけ」

「う、うん」

また、すーはー、と深呼吸をする雛形。

「そうだって言ったら……どっ、どうする？」

その発言は、俺の問いかけに対する返答ってことでいいだろう。

雛形にしては珍しく上ずった声だった。

そうなら……？

何でそんな仮の話を……。

マジで俺なのか？　って思いながらも、意を決して俺は口を開いた。

「雛形、聞いてほしいことがある」

さっきとは違った緊張感が体の中を駆け巡る。

膝が自分のものじゃないかのようにふにゃふにゃになって、意志を持ってないと立っていられないくらいだった。

「……相談をされているときに、好きな相手ってもしかして俺じゃないのかって思ったことは何度かあったんだけど。それをきっかけに、またしゃべるようになっていって」

取り留めのない話がどんどん出てくる。

頭の中だけで何度かシミュレーションしたことくらいあるけど、実際そうなると、全然話す内容が整理できない。

「俺が知っている雛形って、そのときはまだ中一の最初くらいの状態で……」

話しはじめてまだ三〇秒くらいだけど、もう一〇分くらい語っているような感覚に陥った。

「ああ、ええっと、なんていうか……大人になったっていうか、女の子になったんだなって、相談してくれている顔を見て、思った」

こっそりとこっちを覗《のぞ》く雛形と目が合う。

また隠れるのもどうかと思ったのか、ようやく物陰から出てきた。

まだ雛形の目元と頬のあたりが赤い。

「私は……小学校のとき、二年生くらいだったと思う。隆之介が、野球の試合で頑張っているのを見たときに、男の子なんだなって、はじめて思った」

目が合うと、どちらからともなく、そっとそらしてしまう。

「俺は、相談されて、その様子を見たりまた学校で接したり、また遊んだりしていくうちに……俺」

たった四文字が、喉の奥に引っかかって出てこない。

頭の中でその言葉を繰り返す。

ゲシュタルト崩壊をしはじめて、間違ってないよなって、自問する。

あとは声に出すだけ。

雛形がまっすぐこっちを見つめている。

「うん」

ひと言、照れくさそうに一度相槌《あいづち》を打ってくれた。

その視線を避けて目をそらしていたけど、目を見て言おう、と思った。

これは、遊びでも冗談でも何でもないガチ。

結果がどうであれ、それだけは伝えないと。

俺が真剣に想《おも》っているってことだけは、わかってもらわないと。

「好きです。雛形のこと。友達としてとか幼馴染《おさななじみ》としてとかじゃなくて……好きなんだ」

自分の声が他人のもののように聞こえる。

俺はうっすらと震えた手を隠すように、左手はポケットに入れて、右手はズボンを握った。

「うん」

一度雛形はうなずく。

それた目が、また合う。

「好きです。私も、隆之介のこと、好き」

それっぽいBGMが脳内で流れそうになるけど、ふとそれを止める。

友達としてって可能性が……。

意図がわからないでいると、伝え直そうと雛形が言い直した。

「男の子として……昔からずっと。私、好きなんだよ、隆之介のこと」

耳を疑って思わずそのセリフを脳内で何度も繰り返した。

オトコノコトシテ——スキ。

頭の中が真っ白になった。

無言で、しかも真顔で雛形のことを風景として見ていると、雛形はもじもじ、とつま先で地面をこすった。

「……な、何か、言って」

「え。俺と雛形は、好きなの？」

意味不明な発言だったとすぐに後悔した。

バカすぎる質問だった。

「違うの？」

一瞬不安そうな顔をして、雛形は首をかしげた。

「違わない。……その、好き」

「わっ……私、も……」

恥ずかしそうに雛形は俺をちらりと見て、ぎゅうっと目をつむった。

腰が抜けそう。

「付き合いましょう」

たぶんこの流れのはず。

胸元を押さえる雛形は、唇をゆるめて言った。

「はい……」

俺は雛形の彼氏となり、雛形は、俺の彼女となった。

「よ、よろしく」

なんかよくわからないが、とりあえず俺たちは握手をした。

「うん、よろしく」

一歩歩み寄った雛形が、俺を抱きしめた。

「な、何してるんだよ」

「……」

「人が来るかもしれないだろ」

「……やだ」

ふるふると頭を振る雛形。髪の毛の清潔なにおいを鼻先に感じた。

「は、離れろって」

「誰もいないからいいの」

「……」

俺の胸に顔を埋める雛形に、愛《いと》おしさを覚えて俺も雛形の背に腕を回した。

「ふふ。どうしよう。幸せで、私、死んじゃうかも」

「そりゃ、こっちのセリフだよ」

こんなことなら、もっと早く訊《き》いておけばよかったな、とも思う。

けど、修学旅行みたいな特殊な非日常的な環境でなけりゃ、告白できなかっただろうな、とも思った。

6　夜抜け出して

杉内《すぎうち》たちと合流すると、俺たちは電車とバスでの移動を開始した。

神社を出てからの雛形《ひながた》は、とくに変わった様子はなく、いつも通りに感じた。

バスの中、前の席で内之倉《うちのくら》さんと話している雛形の横顔を見る。

……彼女、なんだよなぁ。

なんだか、まだ実感が湧かない。

こちらに雛形が視線を寄こすと、目が合った。

俺たちはどちらからともなく、慌てて目線を元に戻した。

「美術館とか、めんどいなぁ」

スマホをイジりながら、杉内が言う。

「ご、ごめんね……退屈だよね……」

ルートをこう決めたのは三瀬《みせ》さんなので、責任を感じているらしかった。

「行ったこともねえくせに、面倒とか言うなよ」

俺は杉内を肘で突《つつ》き三瀬さんを援護した。

だいたい、班の自由行動を決めるときに、ちゃんと三瀬さんは確認している。

嫌ならそのときに言えよっていう話だ。

「殿村《とのむら》のくせに偉そうに。おまえだって美術館行ったことねーだろ」

「俺は別にダルいとか面倒とか言ってないだろ？」

その美術館は、昔ながらの絵画ではなく現代アートを展示しているらしく、候補選びのときに資料をちょっと見たけど、正直良さがよくわからんかった。

「よくわかんねえから行ってみようってなったんだろ」

「ま、そうだけどさー」

半ば敗北を認めた杉内は、それ以上文句を言うことはなかった。

杉内には、言ったほうがいいんだろうか。

俺と雛形のこと。

改めて言うのも、照れくさいな。絶対茶化《ちゃか》すだろうし。

まあ、その流れになったときに言えばいいか。

「栞《しおり》、聞いてる？」

「え、うん。今日の練習メニューは」

「違うってば。今夜のこと。何で部活の話だと思ったの。それに今修学旅行中だし」

「あ、あれ。そうだっけ」

変なの、と内之倉さんがクスクスと笑っている。

「どうかした？　ニヤニヤして」

「え!?　し、してないから」

内之倉さんの指摘に、雛形は洗顔するときみたいに両手で頰《ほお》を揉《も》んでいる。

おかしそうに肩を揺らす内之倉さんに、杉内が熱視線を送っていた。

「っっっっはぁぁぁ……」

逆元気玉みたいなため息をつく杉内。

面倒くさそうなので、理由は聞かないようにしよう。

「中学んときもそうだったけどよ」

「ん？」

「どうして修学旅行でカップルってできるんだろうな」

どきーん、と俺は一瞬肩をすくめた。

それは聞こえていたらしい前の雛形も同じで、ぴくん、と体を反応させていた。

「どうしてって……そりゃ……いい機会だから告ろうってなるんじゃないの」

内之倉さんが前にいるので、俺は声を潜める。

「杉内だって告ろうとしてたろ」

「そうだけど、冷静になって考えたんだよ」

「何を」

「特殊な状況で付き合うようになったカップルって、その特殊な状況がなくなったら、別れるんじゃね？　って。学校に戻って通常モードに入れば長続きしないんじゃね？　って」

ぴくーん、と雛形がまた反応していた。

完全に俺たちの会話に聞き耳立ててるな。

「オレ調べだけどな」

「そ――そうは思わないけどな、俺は」

わかりやすく聞こえるように、ちょっとだけ俺は声を張った。

「い、勢いで付き合うと、そういう短命カップルになるのかも」

辛抱できなかった雛形が会話に加わってきた。

裏側に、自分たちは勢いではないよ、という主張が感じられた。

「ひながっさんもオレらとやる？　恋バナ」

「ちょっとだけなら」

後ろを振り返った雛形も参加することになった。

三瀬さんがさっきから静かだな、と様子を窺《うかが》うと、活動を停止した機動兵器みたいにうつむいている。

寝てるっぽいから起こさないでおこう。

「殿村はひながっさんに訊きたいことないのかよ」

ニヤニヤしながら杉内が尋ねてくる。

「ないよ」

「んだよ、それ。何かあれよ！　会話がここで終わるだろうが」

「りゅ……との……隆之介《りゅうのすけ》が、訊きたいことがあれば、何でも、どぞ」

雛形も食いついてきた。

目が興味津々って感じで煌《きら》めいている。

「訊きたいこと……？」

数時間前なら、好きな人とか訊いていたかもしれん。

でも、もう判明したしな。

「……」

「殿村、顔ニヤけてキモいぞ」

「う、うっせえな」

俺は反撃にもならない反撃をする。

「ひながっさん、こいつ、なんかエロいこと訊こうとしてますわ」

キャキャキャ、とエロ猿みたいな笑い声を杉内はあげる。

『何で、こんなとこでそんなこと、訊こうとするの』って冷たい反応が返ってくると思いきや——。

「……っ、え、ろいこと……」

雛形の顔が、どんどん真っ赤になっていく。

俺たちに当てはめて想像してしまったらしい。

そんな雛形を、俺も直視できなくなってしまった。

昨日の風呂場でのことを思い出して想像が捗《はかど》ってしまう。

冗談冗談、と杉内が取り繕おうとするけど、雛形は赤い顔のまま黙り込んでしまった。

「すぎっち、栞にセクハラしないで」

「してないって。しようとしたのは、こいつで」

なぜか俺も巻き込まれた。

「勝手に杉内がそういうことにしただけだろ」

「殿村くんなら……いいか」

許された。

「――んでだよ！　この差何なんだよ」

「バスん中は静かにしろ」

子供みたいに喚《わめ》く杉内を窘《たしな》めた。

「っっっっはぁぁぁ……」

杉内がまた逆元気玉を吐き出した。

「オレたちがこうしてる間に、クラスメイトカップル、誕生してんのかなぁ」

「「……」」

俺と雛形は聞こえてないかのように無反応だった。

「破れた恋もあるんだろうなぁ……」

アンニュイな顔で普通のことを言う杉内だった。


美術館前のバス停に到着すると、三瀬さんを起こしてみんなで下車する。

入場料を払って館内に入ると、エントランスで休憩する顔見知りの生徒たちと軽く話をする。

やっぱり、「よくわからん」って感想がほとんどだった。

「これはどうしてこうなってるんだろうって考えてもらえたら、それは作品として成功しているのかもね」

三瀬さんは、パンフレットを眺めながら大人なことを言う。

「う、うっちー、順路こっちからららしい」

「あ、そう」

こっちこっち、と杉内は内之倉さんを手招きする。

後ろから俺たちはついていった。

「杉内くん頑張ってる」

「内之倉さんには、あんま響いてなさそうだけどな」

「……うん」

くすっと笑って雛形はうなずく。

順路に従って鑑賞をしていくけど、やっぱりみんなが言っていたように、よくわからんって感想が先に立つ。

その中に、映像作品を見る部屋があり、俺と雛形は並んで座った。

いつの間にか、三瀬さんがいなくなっている。

まあいいか。

……今、完全に二人きりだ。

映像が流れはじめたけど、全然頭に入ってこない。

つん、と手の甲同士が触れて、どきり、とする。

「あ、悪《わり》ぃ」

俺は思わず手を引っ込めてしまった。

「う、うん、ごめん」

手を握ったこともあるはずなのに、妙に意識してしまう。

さっきは境内で抱きしめ合ってたっていうのに。

たぶん、杉内がエロいことを言おうとしているなんて煽《あお》ったせいだ。

暗がりってのもあって、それを連想してしまう。

「デートみたい」

「俺もそれ思った」

また手の甲がつん、と触れ合う。

俺たちは控えめに小指だけを絡ませた。

「帰ったら……ちゃんとしたデート、しよう、しましょう」

「う、うんっ……」

勢いで誘ったはいいけど、デートって何するんだっけ。

そんなことを考えているうちに、一〇分ほどの作品は、何も印象に残らないまま終了した。

「のぶ子ちゃん、どうしたんだろ。トイレかな」

「あ、あそこ」

俺が指差した先にいる三瀬さんは売店にいた。

こっちに気づくと、小走りでやってきた。

「三瀬さん、何かいいもの売ってた？」

「気になったからこれ買ってきたよ」

売店でマスコットキャラのぬいぐるみを買っていたらしい。

「この美術館のマスコット、アートちゃん」

ずいっと俺に差し出してくる。

「アートちゃん……」

ワイドレンジすぎないか、その名前。具体性ゼロだな。

ゆるキャラらしいそのアートちゃんは、額縁の中に顔がついている、名前に違《たが》わぬド直球なデザインのキャラだった。

俺の大したことないセンスで計ると、あんまり可愛《かわい》くはない。

雛形もそう思ったのか、感想に困っているようだった。


美術館から宿へ帰ると、予定より多少遅れての到着となった。

帰りのバスは、俺も含めみんな歩き疲れて眠っていた。

そのせいで乗り過ごしかけたけど、はっと起きた三瀬さんのおかげで事なきを得られた。

フロントに昨日教えた石のことを確認すると、応急処置はしているようなので、強引なことをしなければ大丈夫だろう、とのことだ。

ぱっと見でわかるもんでもないし、あの穴は俺くらいしか知らないから、言いふらさない限りあの穴が再び開くことはないだろう。

夕飯を済ませ、風呂の時間になる。

俺は昨日のようにピークをズラして入ろうとしたけど、それを杉内が許さなかった。

「おまえも入るんだよ。男同士の裸の付き合いすんぞ」

何でそんなことしなくちゃならんのか。

「一人でなんていつでも入れるだろうが！」

そう杉内が熱弁を振るうので、仕方なく俺はスケジュール通りの入浴時間に入った。

覗《のぞ》きはもう諦めたのか、誰もそのことは口にしなかった。

それから、消灯までの間、スナック菓子を広げて適当に学校や部活の愚痴を聞いたりしていた。

布団に入って目をつむると、今日の境内でのことを思い出し、緊張したり、ニヤけてしまったり、雛形のことを思い浮かべて全然寝つけない。

そんなとき、枕元のスマホが、ヴィィと震えた。

布団の中で画面を見ると、雛形からのメッセージだった。

『もう寝た？』

向こうもまだ起きているらしい。

『まだ』

『私も』

メッセージの内容は、たったそれだけなのに、無駄なやりとりさえなぜか楽しい。

『こっちは、みんな寝てる』

『こっちもみんな寝てるけど、さっき、くらちゃんが呼び出されて、今いなくて』

呼び出された？

『先生に？』

『違うクラスの男子』

おぅふ……。

消灯後に呼び出すってことは……。

『もし告白とかだったら、今恋愛には興味ないって言ってフってくるって教えてくれたよ』

ストロングすぎないか、内之倉さん。

杉内にとっては朗報のような凶報のような。

……断る理由が本当にそれなら、杉内も負け確なんじゃ――。

俺はすやすやと健やかに眠る杉内のほうをちらっと見る。

合掌。

今は楽しい夢を見てくれ、杉内。

『電話しても平気？』

俺はふたつ返事をした。

しばらくすると、電話が雛形からかかってくる。

俺は縁側に行き、障子を閉めて声を潜めながら電話に出た。

「よ、よう」

『こんばんは』

ふと、いつかの電話のことを思い出した。

「そういや、連絡先を知らせたあと電話がかかってきたときに、雛形、『殿村くんいますか？』って言ってたよな」

『それは、忘れて……。緊張してテンパってたから』

今思えば、あれもこれもそれも、俺のアドバイスって全部俺にやってたんだよな。

純粋というか健気《けなげ》というか。

『くらちゃんがさっき帰ってきて、断ったって言ってた』

撃沈した男子がまた一人。

「ひ、雛形はないの？　男子に呼び出されることは」

『うん。全然』

「そっか。よかった」

『隆之介、まだ眠くない？』

「しばらくは、大丈夫かな」

『……あのね、我がまま言っちゃうけど……いい？』

「何？」

『会って話したい』

思わず手に持ったスマホを見る。

こんなにグイグイ来るタイプだったっけ、雛形って。

……。

でも、あのときもこのときも、俺のことが好きだとわかった上で思い返すと、雛形は俺が思うよりも積極的だった。

二人で出かけた帰りや、乗り過ごして路線の端近い駅まで行ったときも。

ラブホで一夜を明かしたときも。

「いいよ」

待ち合わせ場所は、先生も他の生徒も来そうにない別館。他の宿泊客がいるけど、一度迷い込んだときに人けが少なかったことを思い出し、ちょうどいいだろうとなった。

『じゃあ、またあとでね』

耳がくすぐったい。

俺も短い別れを告げて、通話を終える。

持っていくものなんてスマホ以外とくにないので、みんなを起こさないように俺は足を忍ばせ、部屋をあとにした。

先生に見つかったときは何て言いわけをしようか考えながら、別館のほうへ向かう。

先生もこっちに用事がないからか、その影を見かけることもなく、難なく待ち合わせ場所にやってこられた。

そこは、ガラス張りで中庭がよく見え、三人掛けのソファが二脚とローテーブルが置いてある。

家具の配置が中庭を見やすいようになっているので、のんびりしゃべるにはちょうどいいだろう。

「お待たせ」

すぐに雛形がやってきた。

「よくこんなところ知ってたね」

「ウロウロしてたら、こっちに来ちゃって。いい場所だなって思ってたから」

「別館は、生徒立ち入り禁止」

「知ってる」

「隆之介につられて私もワルになった」

雛形が笑い、少し迷った様子を見せ、俺の隣に座った。

電話と同じで、重要なことを何か話すわけじゃなく、今日あったことや明日のことを取り留めもなくしゃべっていく。

大声だとここにいることがバレてしまうので、ぼそぼそ、と俺が声量を抑えて言うと、雛形がふふふ、と笑う。

「デート、どこに行く？」

「そっちの部活がオフの日かな」

「もうすぐテスト準備期間入るから、そのときかな……？」

そういや、もうそんな時期だ。

「お休みの日でなくていいなら……制服デートしたい。放課後なら、空いている日、あるから」

制服デート。

まったく頭になかった単語だった。

もちろん、ノーであるはずがなく、俺はすんなり了承した。

「初デートだな。バイクでもいいなら、また海も行けるし」

俺が軽く提案すると、雛形は首を振った。

「海は夏休みまで行かなくても大丈夫」

何で？　俺が首をかしげると、困ったように雛形が言う。

「大事なことを話そうとすると、トラックが邪魔するから」

「トラックが邪魔する？」

何の話だ。

こほん、と雛形は咳払《せきばら》いをして話を変える。

「ともかく、海は夏休み入ってからで大丈夫」

釈然としないけど、雛形がそう言うのなら、それでいいか。

「雛形は、どこか行きたいとこ――」

続けようとすると、唇を指で触られた。

「雛形、禁止」

むうっと怒ったように眉根を寄せた。

「いつまで雛形雛形って言うの」

「そっちのほうが呼びやすいから――」

「前は栞ちゃんって呼んでたよ？」

「いつの話だよ。幼稚園とかそれくらいだろ？」

「違います。小学校四年生までそう呼んでたから」

詳しいな。

「二人きりのときくらい、名前で呼んで」

月明りだけではその表情はよく見えなかったけど、たぶん、こっちを見ていない感じからして、拗《す》ねているというよりは、恥ずかしそうだった。

「栞」

口に出して呼んでみるけど、やっぱりまだ抵抗があるな……。

「うん」

雛形の表情に笑顔が咲いた。

「人前じゃ、まだ恥ずいから、名字呼びになるけど」

「うん」

拳一つ分ほど空いたほんの少しの距離を雛形が詰めてくる。

じゃれ合うように足を絡ませてくる雛形は、俺の腕を取るとこてんと肩に頭を預けた。


修学旅行三日目。

三日目と言うけど、新幹線での移動がその日程の大半で、俺たちがやったそれらしいことと言えば、乗車駅の構内にあるお店でお土産を買うことくらいだった。

俺が買ったのは、母さん用に酒のつまみになりそうなものと、あとはバイト先用の饅《まん》頭《じゅう》。この二種類だけだ。

「雛形は、誰にお土産買ったの？」

隣の席に座る雛形に尋ねる。

いくつも買っていたので、誰用か気になったのだ。

「部活の先輩後輩、あとは、家族」

家族……。

「あ、すーちゃんにお土産買ってねえ」

雛形の下の妹のすーちゃんこと涼花《すずか》ちゃん。

俺にかなり懐いてくれているので、何か買ってあげようと思っていた。

「いいよ、涼花のは。家に帰る度に『りゅーくんは？　りゅーくんは？』っていつも訊《き》いてくるから」

むう、と雛形は頰《ほお》を膨らませた。

「それってやきもち？」

「知らない」

ぷい、とそっぽを向いてしまった。

妹でも関係なくやいてしまうらしい。

途中の駅に停車すると、雛形が席を立ち杉内と替わった。

さっきから気にしていたけど、杉内と内之倉さんの会話はさほど弾んでいないように見えた。

「うっちー、素っ気ねえ」

「可能性の話をしていい？」

「……やめろ。どうして素っ気ないのか、なんてオレにもなんとなく想像つくから」

わかってんじゃねえか。

「その気がないから、気を持たせるのもよくないっていう内之倉さんなりの配慮っていうか」

「言霊《ことだま》って知らないんですかね、あなたは！　言うなって言っただろ！」

肩を摑《つか》んで目いっぱい俺を揺すってくる杉内。

昨日、電話で雛形が言っていた通りだとすれば、やっぱりノーチャンスなのでは、と思わずにはいられない。

この様子だと、告ると宣言した杉内は、まだその想《おも》いを秘めるに留《とど》まっているらしい。

内之倉さんの話を聞いてしまっただけに、応援すればいいのか、止めればいいのか、さっぱりわからん。

「うっちーさ、他の男子にも告られたらしいんだよ」

知っていたけど、へえ、と俺は相槌《あいづち》を打った。

「放っておいたら、うっちー、夏休み中にバスケ部の年下犬系イケメンと付き合ってそうで、絶望しかありません」

「うわぁ、目に浮かぶ」

「やめろ!」

自分で言っておいてこいつは……。

「俺が言うのもアレだけど、雛形は何でモテねえんだろう。誰にも告られてないって言ってたけど」

「どうしてそうなのかなんて、考えりゃわかるだろ。教えねえけど」

何なんだよ、その意地悪。

学校に帰ったら言う機会もなくなりそうだから、雛形とのことは言っておくか。

「昨日からなんだけど、雛形と付き合うことになった」

はぁ、と杉内はため息をつく。

嫉妬や呪いのため息だろうと、俺が身構えているとベシベシと肩を叩《たた》かれた。

「よかったじゃん。あと遅《おせ》ぇよ」

「お、遅い？」

「前々から、みんなおまえと雛形さん付き合ってるって思ってるから。内情を知っているオレからすれば、ようやく事実が追いついたって感じだわ」

うらやましい、とか、おまえだけ何幸せになってんだよ、とか、嫉妬の言葉を覚悟していたけど、予想外の言葉に拍子抜けした。

「あぁ、だから雛形は告られない、と」

「そゆこと。おまえのケツ叩いたかいがあったわ」

ちら、と杉内が通路を挟んだ隣の席に目をやる。

窓際には、寝ている三瀬さん。真ん中に内之倉さんがいて、隣の雛形が何か話をしている。

「いい顔してるじゃん、おまえの彼女」

そうか？　普段見ている表情とあまり変わりがない気がする。

もしかすると、俺だけにはあの顔をずっとしていたのかもしれない。

俺が見ていた雛形は、ずっとあんな雰囲気だった。

「幸せの薄ピンク色のオーラが見える」

「ブーメラン投げた杉内くんはどうするんだよ」

「言うわ、マジで。今日」

俺はそれを聞いて、背を押すことも引き留めることもせず、「そっか」とだけ言った。

というか、それ以外に言えることがなかった。

内之倉さんの現状を教えたところで、杉内の気持ちは変わらないだろうし、いっそのこと打ち明けてしまったほうがすっきりしていいのかもしれない。

俺も告白したときは、胸の中のもやもやがなくなった気がしたから。

「何の話？」

聞こえていたのか、雛形が訊いてきた。

杉内のことは言わず、俺は雛形との関係を告げたことを教えた。

「杉内には言ったから」

「そ、そっか」

「ひながっさん、おめでと」

「うん」

控えめな笑顔を覗《のぞ》かせると、今度は逆方向を向いて、雛形は内之倉さんに何かを伝えた。

たぶん、俺たちのことだろう。

内之倉さんは、雛形をぎゅっと抱きしめていた。

「よかったね、栞。おめでとう」

「うん、ありがとう」

長年の親友を祝福する内之倉さんは、感極まって少し泣いていた。

「くらちゃん、泣かないで」

「泣くよ、当たり前でしょ。私には言ってくれなかったけど、殿村くんのこと好きなんだろうなってずぅっと思ってたから」

ぐすん、と鼻を鳴らす内之倉さんは、目尻の涙を指でぬぐった。

「うっちー、めっちゃいい子やん……」

今、杉内からキュンという音が聞こえた気がした。

「エロいことしてぇ……」

こいつのキュンの音は、胸じゃなくて下半身からするらしい。

「ダブルデートしような、殿村。買い物行ったり、泊まりで旅行行ったり、夏は海行ってバーベキューして、冬はスノボして鍋食おうな！」

めちゃくちゃ描くじゃん、青写真。

「クリスマスパーティやって、正月はみんなで初詣行って、七草がゆ食ってさ！」

一個渋いイベント混じってんぞ。

「ああ、おう。そうだな」

「やっべえ、楽しみ～」

こいつ、現実逃避してないか。

大事な大事な、超大事な関門をまだ突破してないんですけど。

言おうと思ったけど、今は楽しい妄想をさせてあげよう。


やがて最寄りの新幹線の駅に到着し、そこからバスで移動。

昼過ぎには、学校に帰ってきた。

その場で解散が告げられると、みんなぞろぞろと家路を辿《たど》りはじめた。

「隆之介、帰ろう？」

「あ、うん。ちょっとだけ待ってもらえる？」

「うん？」

不思議そうな雛形に杉内のほうへ目線を送った。

察した雛形は、真面目そうな顔でうんと一度うなずく。

わかりやすく、杉内からオーラが出ていた。

『オレはやる、やってやる』っていう、戦場に赴く兵士が醸し出すフェロモンに近いような何かが出ている。

バスのトランクから内之倉さんが荷物を受け取ると、そこに声をかけた。

「う、うちうちうち、うっちー、ちょちょ、ちょいとよろしい？」

「うん。何」

「二人きりで、ちょっと話したいことが、ありますん」

緊張してか、変な語尾になっている。

了承した内之倉さんは、杉内のあとについていき、人目につかないほうへ歩いていった。

時間にすると、一〇分もかからなかったと思う。

内之倉さんがこちらへ戻ってくるけど、杉内は戻ってこない。

雛形は内之倉さんのほうへ駆け寄っていき、俺は姿を現さない杉内を探した。

見つけた杉内は、口をあんぐり開けたまま、遠くの空を眺めていた。

さっきまで放っていた謎のオーラはなりを潜めて、今ではキノコが生えそうな陰気な空気を放っていた。

「杉内……ドンマイ」

「余裕でフラれた。フラれたっていうか、興味ないとかそういうレベルだった……」

聞いていた通りのフラれ方だったらしい。

「泣いていいんだぞ」

「泣かねえよ、うっせえな！」

と言いつつ、袖で目元をぬぐった杉内。

「まあ、まだ一回目だしな！　こんなもんだろ！」

「切り替え早っ」

「おうよ……あと一〇〇回くらい告るわ」

「残機無限の人だ」

友達ながら、杉内のことをちょっとだけ尊敬した。

7　報告とその後の日々

三瀬《みせ》さんが帰りにバイト先へ寄っていくというので、俺も立ち寄ることにした。

お土産もあったたし、いいタイミングなので三瀬さんと今日シフトに入っている本間《ほんま》にも雛形《ひながた》とのことを伝えておこう。

とくに本間は、ヘコんでいた俺を励ましてくれたり、助言をしてくれたりしたので、できることで何かお礼をしてあげたい。

俺と三瀬さんは出勤するのと同じように裏口から中に入り、休憩室にお土産を置いた。

『修学旅行のお土産です。よかったらどうぞ』と付箋に書いて貼っておく。

こうしていれば、誰かすぐに手をつけるだろう。

「三瀬さんは、何買ったの？」

「わたしは、福神漬け」

「福神漬け」

何で。

「まかない食べるときにいいかなって」

そりゃそうかもだけど、状況限定しすぎじゃないか。

さっそく休憩に入った大学生の先輩が、俺たちに気づいて軽く挨拶をしてくれた。

「何これ。お土産？　いーなー、修学旅行」

と言って、俺の饅頭《まんじゆう》の箱を開けてひとつ食べて出ていった。

他にも何人かやってきては、俺の饅頭をつまんで部屋を去っていく。

「わたしの福神漬け……」

三瀬さんのお土産、死ぬほど人気なかった。

残念ながら当然というか……。

ご飯に合うっていう意味で言うなら、他の漬物のほうがいいと思う。

福神漬けって俺カレーでしか食べないぞ。

三瀬さんって、王道を外してくる傾向があるな。

どたばた、と足音が聞こえると、ばっと休憩室の扉が開いた。

そこには、息を切らせた本間がいた。

「先輩、おかえりなさい！」

「ただいま」

「修学旅行のバスが停《と》まっているのが教室から見えて。もしかすると、こっちに来てるかもって思って」

髪を手櫛《てぐし》で整えて、にこっと愛想よく本間は笑顔になる。

「お土産あるじゃないですか。みんな用と、わたし用にも、あるんですよね？」

「そんな気遣い、俺にできると思うか？」

「納得です」

ふむ、と本間はうなずいた。

「では、ひとついただきます」と、饅頭を取ってひと口かじる。

そして、脇に追いやられている三瀬さんのお土産に気づいた。

「え、福神漬け？　……先輩、さすがにそれは狙いすぎっていうか、狙いすぎでスベってますよ？」

俺をディスっているつもりが、その言葉はどんどん三瀬さんに刺さっていった。

「狙いすぎ……。スベってる……」

三瀬さん、涙目だった。

決壊寸前のダムだった。

その様子に、本間がきょとんと首をかしげる。

「あ、あれ？　先輩のじゃないんです？」

「福神漬けは、三瀬さんのお土産」

「えー、お土産で福神漬けって、何でそうなっちゃったんですか」

「うぅ〜」

パイプ椅子の上で三瀬さんがどんどん小さくなっていった。

ああ、もう泣きそうだ。

「おい、三瀬さんのセンスをあんまイジんなよ！」

「いやいや、イジってないですから。そんなつもりじゃないのに、そんなこと言うほうがイジってますよ、先輩」

本間に冷静に返された。

「でも、福神漬けって、変ですよ」

「変……」

「本間。だから本当のこと言うなって」

「フォローしているようで、先輩のほうが刺しにいってますからね？　そっちのほうがタチ悪いですからね？」

まだ時間は大丈夫らしく、本間も椅子に座る。

しょげている三瀬さんと、饅頭を食べる本間に俺は言った。

「話は変わるんだけど。俺、昨日から雛形と付き合うことになった」

報告ってこんな感じでいいんだっけ、と自問しながらも、俺は二人に告げた。

「……」

饅頭のカスを唇につけたまま、本間がフリーズしている。

手に持っていた饅頭を、ぽて、と落とした。

「え、え、そうなの!?　雛形さんと殿村《とのむら》くんが!?　えぇぇぇぇぇ～！」

三瀬さんは仰天していた。

「そ、そうなんだぁ～！　お似合いだと思ってたし……もう付き合ってるって聞いたことあったから実際どうなんだろうって思ってて」

「あれは噂《うわさ》で、実際は全然。けど、あのはぐれたときに、ちょっと」

「あ、あのときにぃ――――!?」

わーわーきゃーきゃー、と三瀬さんは足をじたばたさせて大騒ぎだ。

めちゃくちゃいいリアクションだった。

「本間も、ありがとうな。なんか色々」

ハイライトの消えた瞳に、光が戻った。

「え、何ですか、一瞬わたし意識が……」

「アドバイスみたいなことをしてくれただろ。ポジティブ思考が役に立ったと思うよ」

「すみません、何の話でしたっけ……？」

本当に聞こえてなかったらしい。

「だから、俺と雛形が付き合うことになったたっていう話」

「……何デスカ、ソノ話」

虚《うつ》ろな目をする本間は、片言でつぶやいた。

「そういうことになったから。だから、世話かけたし、お礼したいんだ。何か俺にできることがあれば、何でも言って」

ぷるぷる、と本間の体が震えはじめた。

「な」

「……な？」

「な――――何だかんだで付き合わないと思ったのにぃ！」

「は？」

「先輩ヘタレだから、雛形先輩に愛想尽かされて付き合わずに消滅すると思ったのにっ！」

本間の助言もあったし、杉内《すぎうち》に言われた影響もあった。

修学旅行中っていうのも、思いきりをよくさせた一因かもしれない。

「こんなお饅頭もういいですっ。慰謝料を要求しますっ！」

ぽいぽい、と箱に入っている饅頭を俺に投げつけてくる本間。

「わ。こら、やめろ」

それを一個一個キャッチしていき、俺は箱に戻した。

「本間さん……」

「のぶ子せんぱぁ〜い」

本間が三瀬さんに抱き着いた。三瀬さんは、よしよし、と本間の頭を撫《な》でている。

その肩越しに、ちらと本間が俺を見た。

「先輩、お礼してくれるんですよね？」

「うん。できる範囲でな」

「キスを――」

「できる範囲っつったろ」

むう、と本間は唇を尖《とが》らせる。

「じゃあ、これからも変わらずわたしに接してください。わたしもそうしますから。避けたり無視したりしないでくださいね」

「そんなことしねえよ」

「高校生カップルなんて、一年も持たずに九割くらい別れるんですから、気長に待つことにします」

案外あっさりと本間は引き下がった。

「ならいいです」

ぼそっと不吉な言葉が聞こえたけど、聞き流しておいた。

「わたし、バイト休みます」

「そんないきなり——」

シフトを確認すると、ホールスタッフは本間を入れて三人。二人で回せるか……？

「しょうがないから、わたしが入るよ。任せて、本間さん」

「ありがとうございます、のぶ子先輩。あと、ご迷惑をおかけします……すみません」

「おっけー、おっけー」

修学旅行で疲れているのに、三瀬さん……。

てか、ホールの仕事もできるとか、尊敬しかない。

バイト先の仕事に関しては何でこんなに頼もしいんだ。

センスはズレてるのに。

「じゃ、帰りましょうか、先輩♪」

けろりといつも通りの表情に戻った本間が、腕を絡めてくる。

「おい、おまえ全然元気じゃねえか」

俺がサボりを咎《とが》めると、ノンノンと本間は指を振る。

「先輩と一緒だからですよ？　先輩帰っちゃったら、わたし使い物にならないと思うので」

裏口から店を出ていき、俺は本間を家まで送っていくことにした。

「バイクの後ろもいいですけど、並んで歩くほうがいいですね。いっぱいおしゃべりできますし」

……そういや、雛形も迎えはバイクじゃなくてもいいって言ってたな。

もしかすると、本間と同じ理由なのかもしれない。

ふとした拍子に真顔になる本間だったけど、終始笑顔で明るく、俺が不在だったバイト先の話をしてくれた。


修学旅行が終わり、通常の学校生活に戻った。

変化と言えば、俺と雛形が付き合いはじめたことだけで、周囲は修学旅行前と何も変化はなかった。

三瀬さんも言っていた、俺と雛形が付き合っているという噂は、真偽は別としてみんな知っているようだった。

それが、修学旅行後は噂が事実に昇格したっていうだけだったので、騒がれもしなかった。

雛形とは、変わらず朝は一緒に登校するし、昼飯用の弁当を作ってくれるし、俺のバイトがないときは、ときどき部活終わりを待って一緒に帰るし、本当に生活は何も変わらなかった。

「勉強会やろう」

明日からテスト準備期間に入るというタイミングで、俺は杉内に切り出した。

放課後の帰り道でのことだった。

「自分で頑張れよ」

「内之倉《うちのくら》さんも呼ぶから」

「……」

んんんん、と杉内は唸《うな》る。腕組みをして悩んでいるようだった。

癪《しやく》だけど、杉内は頭がいい。癪だけど（二回目）。

中学の頃から、先生の話をなーんも聞いてない俺は、テスト前は杉内をよく頼りにしていた。

杉内も内之倉さんも成績はトップクラス。

「やっぱ気まずい？」

「なわけねえだろ」

この手の話になると、虚勢なのか本心なのか、いまいちわかりにくいんだよな。

「雛形も内之倉さん誘うって言うし、教える人が二人いたほうが効率いいだろ」

ちなみに、女子側で教わるのは雛形のほうだ。

「このおバカップルめ」

俺か雛形のどっちかの成績が良ければ、杉内を巻き込まずに済むんだけど、そうはいかない。何せおバカップルだから。

雛形は、成績は中の下。人に教えられるほどよくはない。

俺はというと下の中。お粗末なものだ。

修学旅行後の杉内と内之倉さんは、後者の反応は何にも変化はないけど、杉内はかつての積極性みたいなものが薄れつつあった。

一〇〇回告るって言ってたけど、辛《つら》いもんは辛いよな。

「無理にとは言わないけど、どうする」

「いいよ、やろう。気まずいっちゃ気まずいけど、うっちーは気にしてないだろうし」

「三瀬さん呼んでおく？　癒《いや》しに」

いや、癒されるかどうかは知らないけど。

「薄着ののぶ子を見たいしなぁ。呼ぼうか」

下心満載だな。

「あんま心配しなくてもいいよ。うっちーとのことは。一発目のあとほど気まずくはないし」

「一発目？」

「もう四回告ってるから」

マジで残機無限だ。

あれからまだ一週間ちょっとなのに。インターバル短いな。

杉内の不屈の精神に内心驚いたけど、話自体はまとまったので、修学旅行の班用のグループチャットにそのメッセージを送った。

『わたしもいいの？　行く行く』

三瀬さんから、秒どころか瞬で返信があった。

テスト準備期間中は、部活が休みになるので、それからのやりとりで日時を決めるのに苦労はしなかった。


二日後の放課後。

以前のように我が家で勉強会が開かれた。

着替えるのを面倒くさがった杉内と内之倉さんは制服、一度帰ってきた雛形と三瀬さんは私服だった。

俺の部屋では狭いので、リビングにみんなを通している。

「誘ってくれてありがとう。殿村くん」

改めてお礼を言う三瀬さんは、白いTシャツにデニムのショートパンツを穿《は》いていた。

登場したときから、杉内がじーっと三瀬さんの胸元を見つめている。

気持ちはわかる。

Tシャツの下に丼入れてんのかってくらいの存在感があった。

教えてくれる杉内の隣に座ると、ゾゾゾ、と寒気がした。

「……」

俺がその冷気を辿《たど》ると、発生源はすぐに見つかった。

「……隆之介《りゅうのすけ》、勉強。一番ヤバいでしょ」

「お、おう」

雛形の服装は、黒いノースリーブのトップスに、花柄のスカートを穿いている。

クールだったり、冷たそうな印象とはうって変わって、女の子らしい感じの服装だった。

室内の部活だからか、日焼けしていない肌はめちゃくちゃ白い。

「雛形さん、めちゃくちゃ白いね」

「そう？」

「栞《しおり》は、部でも一番すべすべで白いよ」

内之倉さんが補足すると、三瀬さんが声を上げた。

「そうなんだぁ」

「のぶ子ちゃん、この前あのゲームをやってて――」

「あ、うんうん」

三瀬さんが俺に勧めてくれたゲームを熱心にやっているのは雛形のほうだった。

どうやらハマったらしく、ときどき三瀬さんに協力してもらいながら先に進めているという。

「特盛すぎだろ、のぶ子……」

こそっと杉内がささやく。

「見るなっていうほうが無理だ」

それには同意だった。

「それを雛形にも言ってくれよ。なんかめちゃくちゃ冷たい目ぇされた」

「他の女のパイに釘付《くぎづ》けだからだろ。もっと冷たくされろ。……ひながっさん、オレのことを殿村に悪影響を与える悪友みたいに思ってる節があるんだよな」

「否めん」

「否めよ。悪友じゃなくて大事な親友だろ」

面と向かって親友とか言ってくるなよ。肯定しにくいわ。

俺たちはこうしてボソボソと会話をしているけど、女子のほうは内之倉さんを中心に勉強をはじめていた。

雛形が髪の毛を耳にかける。落ちてこないように気にするのが面倒になったのか、ヘアゴムで髪の毛をまとめはじめた。

腕や他の肌と同様に白い脇がちらりと覗《のぞ》く。

「なあ、もうヤった？」

俺は思いきり杉内を肘で突《つつ》いた。

「声でけぇよ」

さっきまで動いていた雛形のシャーペンが止まり、どんどん顔色が赤くなっていった。

不自然なくらいリビングが静まり返っている。

まるで俺の返答に耳を澄ませているみたいに。

「いいだろ、それは」

「はぁー。まだかよ」

何で急《せ》かされなくちゃならないんだよ。

実はあれから、まだデートもしていない。

何だかんだで予定が合わずそれっきりとなってしまっていた。

「普通って、どれくらいでそういうことするんだろうな」

訊《き》くでもなく独り言をつぶやくと、杉内が即答した。

「決まってんだろ、付き合ったらだよ。即連結」

「「……」」

女子たちが押し黙った。

杉内は、こういうところで評価を落としてるんだろうな。

だから悪友扱いされるんだろう。なのに頭がいいっていうのは納得いかない。

空気をようやく読んだ杉内が下ネタの質問を振らなくなった。それからは、勉強は思っていたよりも捗《はかど》った。

そして三瀬さんが帰り、杉内と内之倉さんが帰っていく。

雛形と二人きりになると、

「私も、帰る」

「送ろうか？」

「大丈夫」

目が合うと耳まで赤くする雛形は、逃げるように我が家を去っていった。

たぶん、杉内が余計なことを言ったせいだ。

俺も雛形も顔を見る度に同じ単語が脳裏をよぎるようになってしまっていた。

勉強会のかいあってか、期末テストは高校初の赤点ゼロに終わった。

あれから、雛形と二人で何度か図書館で一緒に勉強をしたことも大きかったのかもしれない。

その帰りに街へ立ち寄って制服デートをした。

クレープ買って食べたり、本屋へ寄ったり、ファッションビルに入って色んな店を覗いたりした。制服デートというのはどんなものかと思っていたけど、これでいいらしい。

何かが起きるわけでもなく、何も決めずにただ街を制服でぶらぶらするだけだったけど、それだけでも十分楽しかった。

テストの結果はというと、赤点の教科はなかった。高校入って初だった。

「ふふん。オレのおかげだな」

返ってきた答案を見る度に杉内がドヤ顔をするのはちょっと面倒くさかったけど。

もう何日かで夏休みという頃には、雛形の足は完治して、練習に参加するようになった。

ひとまずマネージャーをしていた頃に比べて、帰りの疲労度は格段に上がったようだった。

そんな帰り道。

暗い家路を俺たちは二人で歩いていた。

「夏休み、二人で何をするか、全然話せていない」

言ってくれないからわからなかったけど、どうやら雛形ははじまる夏休みのことをかなり楽しみに待っているようだった。

テスト勉強とテストがあって、雛形は練習に復帰して、付き合いはじめてからこれまでかなり忙しかったせいもある。

「ワルするか」

俺はぽつりとつぶやいた。

「ワル？」

「家に帰って、着替えて待ってて。出かけよう」

「え？　今から？」

不思議に思いつつも雛形は了承してくれた。

そんな雛形を家まで送り、俺も一時帰宅。

制服から余所《よそゆ》行きの私服に着替える。その前に汗ばんだ体を一度汗拭きシートで拭いておく。

着替え終えると俺はバイクのキーを摑《つか》み、エンジンをかけ、雛形家へと向かった。

「りゅーくーん！」

ぶろろ、というエンジン音に反応したのか、玄関からすーちゃんが飛び出してきた。

「すーちゃん、やっほ」

「りゅーくん、いま、しーたん、きがえてる。ナイショっていっていたけど、りゅーくんにおしえたげる！」

「ありがと、すーちゃん」

黒い頭をなでなでするると、すーちゃんは猫みたいに目を細めた。

「兄ちゃん、おめでと」

もう一人の妹、彩陽《あやひ》が玄関に顔を出すと、開口一番に言った。

「兄ちゃん、実はねーちゃんよりもあたしのほうが好き説あったんだけどなぁ〜？」

「ねえよ」

冗談めかして言う彩陽に、俺はツッコミを入れる。

それ待ちだったらしい彩陽は、にしし、と笑った。

「どこ行く気なの」

「夜のドライブ」

「いいなぁ〜」

彩陽がうらやんでいると、着替えを終えた雛形が出てきた。

「何で涼花《すずか》も彩陽もいるの」

「しーたん、すーかもいくっ」

ふんすふんす、とすーちゃんが興奮気味に告げる。

「嫌。無理」

きっぱりと雛形が言うもんだから、すーちゃんがうるうると瞳に涙を溜《た》めはじめた。

「し、し、しーたんのバカぁ～」

「あー！　ねーちゃんがすーちゃん泣かした！」

「だって、これから隆之介と、その……」

「デートだからついてくるなって？」

「そ、そう……」

うぁぁぁぁあん、とすーちゃんは大泣きして玄関から家の中へ入っていってしまった。

……帰りにお菓子か何か買ってあとで渡してもらおう。

「何かこっそりと出ていこうとしたっぽいけど、お母さんも気づいてるよ」

「うそ」

「バレるよそりゃ。帰ってからルンルンしながら本気の本気の私服に着替えてるんだからさ」

かぁ、と雛形の顔が赤くなった。服装は、一張羅らしきワンピース。腕には、小さな鞄《かばん》を下げていた。

「バレてんのかよ」

危ないことをするわけじゃないけど、バレたら説明が面倒だろうから、内緒にしてほしかったんだけど、バレてるんなら仕方ない。

「兄ちゃんと一緒ってお母さんもわかってるから、何にも言わないだけだよ」

そう思われているんなら、もうそれでいいか。公認のおでかけになったわけだし。

「挨拶をいっちょ」

俺が中に入ろうとすると、雛形にぐいっと腕を引かれた。

「いい。大丈夫。中に入ったら長くなるから」

「うん。行くんならさっさと行ったほうがいいよ。ご飯たんまり食べさせられることになるよ？」

それなら、やめておくか。俺はヘルメットを雛形に渡し、シートにまたがる。

「いいなあ、ねーちゃん」

また彩陽が同じセリフを言うけど雛形は何も言わない。

けど、口元がどこか得意げにゆるんでいた。

「じゃあな、彩陽。お母さんとすーちゃんによろしく」

「あいー」

適当な返事をもらい、俺はエンジンをかけた。

なるべく排気音を立てないようにしてバイクを走らせる。

「どこ行くの」

「まずは夕飯だよな。俺腹ペコだし」

「私も」

　こんなときに、俺がもっと大人ならスマートにレストランでも予約して連れていってあげられるのに、と思う。

　そういや、財布の中にうちのファミレスの社員割引チケットがあったことを思い出した。

「ファミレスとかでもいい？」

「隆之介の働いているとこ？」

「系列店なら使える社割チケットがあるから、無茶《むちゃ》な頼み方してもそんなに財布は痛まないっていう……」

　女の子に、割引とかクーポンって言わないほうがいいんだっけ。

　言ってからすぐに後悔した。

「うん。いいよ」

「あ、でも、夜もやってるカフェとかもあって――」

　大学生の先輩に聞いたお店が一軒だけあった。俺に彼女ができたと教えると「あそこいいよ」って教えてくれたのだ。

俺の思いつきで出かけることになったのに、きちんと着替えてくれた雛形をそこらへんのファミレスに連れて行くのは気が咎《とが》める。

「どっちでもいいよ。気にしないで」

「じゃ、そこ行こう」

正直に言うと、見栄《みえ》を張った。

けど、俺はバイトをしているし、小遣いでやりくりする高校生よりも資金はある。

だからちょっとくらい、かっこつけたかったのだ。

先輩に聞いた場所を思い返しながら、俺はその店へとハンドルを切った。


そこは町外れの小洒落《こじゃれ》たカフェで、夜の営業はイタリアンを出しているお店だった。

あまりこういうところに来たことがないのか、雛形が店に入る前からビビっている。

正直、俺もそうだった。場違いじゃないかと、二人してあっちをきょろきょろ、こっちをきょろきょろ。

高校生ってバレて追い返されやしないかと心配だったけど、案内に現れた店員は何も言わず、俺たちを席へ案内してくれた。

メニューを広げて見ると、値段も大人価格。

オーケー、想定内、想定内……。

「どれにする？」

普段よりも三割ほど瞬《まばた》き増量の雛形が尋ねてくる。

俺が迷っていると、メモを手に女性店員がやってきた。

「お飲み物は何になさいますか？　ソフトドリンクは、こちらに」

と、店員さんはメニューをめくって指を差す。

コーラ一杯五五〇円って、マジかよ。

「だ、大丈夫、です」

「私も大丈夫です」

笑みをこぼした店員はかしこまりました、と言って、去っていった。

「隆之介、目が点になってた」

控えめに雛形がくすくす笑う。

「そりゃな。コーラがこんなに高いとは思わなかった」

悩んだ末、俺たちはサラダとパスタをそれぞれ注文した。

待っている間に水が出され、それをちびちびやりながら、料理を待った。

「夏休み何する？」

俺の質問を皮切りに、雛形が考えていたであろうことをつらつらと話はじめた。

「まず、海。お盆を過ぎるとクラゲが出るから」

そういや、小学生のときに俺も雛形もその被害に遭った経験がある。

「他は、八月の二週目に夏祭りがあるから、そこで花火見たい」

「おお、あれな」

「あとは、宿題をエアコンの効いた部屋でしながら、甲子園を隆之介の解説付きで見たい」

「お、おう」

「あ、映画も。映画！」

「おう……」

「あとバーベキューも」

この欲張りさん。いくつあるんだよ。

「みんなの予定を調整しないと、行けないと思うぞ？」

「みんなじゃなくて……二人が、いい」

今まで想像していたそれらのイベントから、脳内の杉内や内之倉さんたちがすっと消えた。

「二人きりじゃ、ダメ？」

俺の反応を窺《うかが》うような上目づかいをする雛形。

この甘さが混じる声に、ノーって言える男はいないだろう。

「いいよ。バイトのシフト確認しなきゃだけど」

「うん」

安心したように、雛形は目を細めた。

こうして見ると、やっぱりすーちゃんも彩陽も、タイプは違うけど笑顔が雛形に似ている。

「そんなにたくさんできるかな」

雛形だって部活があるだろうし、暇にしているわけじゃない。

「全部できなくてもいい」

「いいんだ？」

「うん。できなかったら、また来年すればいい」

来年、か。雛形は、結構先のことまで考えているんだな。

一瞬だけ、本間に言われたセリフが頭の中に蘇《よみがえ》る。

『高校生カップルなんて、一年も持たずに九割くらい別れるんですから、気長に待つことにします』

友達付き合いが長くても、付き合ってみないとわからないことってたくさんあったりするんだろうな。

友達としてなら仲良くできるけど、男女の仲になると上手《うま》くいかない、とか。

「来年も、同じことを言う可能性は高い」

「どっちにしてもできないイベント事は出てくるんだな」

「あと、えと……」

言いにくそうに、雛形がテーブルクロスをつまんだりひっぱったり、それを元に戻したりしている。

「二人で——」

そのセリフを遮るように、女性店員が料理を運んできた。

二言ほど料理の説明をして、カトラリーを置くと別の客に呼ばれてそちらのほうへ向かった。

頬《ほお》を赤くした雛形は、取り皿にサラダを取り分けてくれた。

「どうぞ」

「ありがとう。二人で、何?」

「う、ううん。まだ何でもない」

まだ何でもない?　何を言おうとしたんだろう。

箸はないらしく、サラダをフォークで刺して口に運ぶ。

パスタも取り分けるのが前提のようで、取り皿に雛形が取ってくれた。

オリーブオイルがベースのドレッシングのかかったサラダは大人の味がした。

外食の基準がバイト先のファミレスになっている俺には、ここのパスタはめちゃくちゃ美味《おい》しく感じた。

そりゃ、いい値段するだけあるわ。

雛形もそれは同じのようで、くるくる巻いたパスタを口に運ぶ度に、眉を動かして反応をしている。

気に入ってくれたようで何よりだ。

食べ終えて少ししてから、俺たちは店を出た。

会計は、俺が今まで支払った最高額だったけど、眉ひとつ動かさないまま滞りなく代金を支払う。

「隆之介、これ」

店を出てから、雛形が財布から千円札を二枚出した。

「いいって。おごるから」

「いい。思ったより高かったし、私いっぱい食べたし……」

なんか恥ずかしそう。

「おごらせてくれよ。カッコつけたいんだ」

口にするのはどうかと思ったけど、そう思っているのは確かなので仕方ない。

「じゃあ、うん。ご馳走様《ちそうさま》」

「というか、部活のあとなんだからモリモリ食ってくれよ」

はは、と俺は笑い飛ばすけど、雛形はぷるぷる、と首を振った。

「お、大食い女だと、思った？」

心配そうに言うので、俺は首を振った。

「昼飯の弁当の大きさを見てるから、気にしてないよ」

まあ、こんなもんだろうなって感じだ。

「むしろ今日の量じゃ足りないんじゃないかって心配に」

ぼわぁ、と雛形の顔が真っ赤になった。

「お、大食いデカ弁女だって、思ってたってこと？」

「思ってた」

「〰〰っ！」

べしべし、と無言で雛形が背中を叩《たた》いてくる。

「悪いことじゃないだろ。いっぱい食べるのは」

「今度から、小さくする」

「足りるのかよ」

「小さくする」

二回言った。相当な覚悟がおありのようだ。

雛形の基準では、たくさん食べるって思われるのは恥ずかしいことらしい。

少食より全然そっちのほうがいいけどな。

部活してるんだし、むしろ食べないほうが心配だ。

「さっき、何を言おうとしてたの」

「え？」

「ほら、料理が運ばれて来るときに、何か言おうとしただろ？」

「……」

無言のまま無表情になると、片眉を上げて小難しそうな顔をした。

「言った？」

あ、言ってないことにするつもりだ。

気になるけど、機会があれば教えてくれるだろう。

俺は雛形をバイクの後ろに乗せて、来た道を戻っていく。

時間は、夜の九時を過ぎている。

普段は風呂から上がって適当にだらだらしている時間だ。

「隆之介、ありがとう」

「どういたしまして。ご飯のお返しとかいいからな？」

「ううん。そうじゃなくて」

違うのか。

何だろう、と考えているとこつん、とヘルメットに硬い何かがぶつかった。

たぶん、雛形のヘルメットだ。

腰に回されていた腕が、ぎゅっと締められる。

「好き」

「な、何だよ、い、いきなり」

明日死ぬつもりなのかよ。

信号待ちをしていると、とんとん、と肩を叩かれた。

「他に言うことは？」

「あ、ありがとう……？」

「違います」

「違わなくないだろ」

「隆之介は？　私のこと、どう思ってるのか、聞かせて」

「ど、どう思っているって……そりゃ、あれだよ。わかるだろ」

「わかりません」

何で敬語なんだよ。

「隆之介が告白してくれたみたいに、言葉で言わないと、私わからないかも。鈍いから」

小っ恥《こ》ずかしくて、俺は思わず小声になった。

「そりゃ…………好き、だよ」

青信号になったので、ぶろろろおおん、と音を立ててバイクを走らせる。

「え？　聞こえなかった」

「くっ」

わざとやってないよな。

「もう一回しか言わないからな！」

「嫌。無理」

出た。すーちゃんを泣かした拒絶ワード。

「何回でも言って」

雛形って、こんなに自己主張するタイプだったっけ。

彼氏の俺にしか見せない顔なのだとすれば、それはそれで嬉《うれ》しいことだった。

俺はおほん、と咳払《せきばら》いをする。

「好き、です」

「私も」

「何だよこのやりとり！　クソ恥ずかしいな！」

自棄《やけ》になって俺が言うと、あはは、と雛形が声を上げて笑った。

8　夏の準備と海

「先輩が壊れちゃいます！」

「りゅ……との、隆之介《りゅうのすけ》はそんなやわじゃない」

学期最後の委員会のことだった。

これが終わればあとは帰るだけってときに、本間《ほんま》が何か雛形《ひながた》に嚙《か》みついていた。

ごにょごにょ、と何かしゃべったあとのことだった。

学校のツートップの美少女が険悪な雰囲気なのが珍しいのか、教室内では注目を集めていた。

先輩が壊れるってどういうことだ。

「本当なんですか、先輩」

ずいっと本間が心配そうに顔を寄せてくる。

「近い」

俺が言うと同時に、雛形が本間のスカートを引っ張った。

「スカート引っ張らないでくださいっ」

「雛形、そこを引っ張るのは」

俺が本間側に肩入れをするのが気に食わなかったのか、雛形は眉間に皺《しわ》を作った。

「何」

何じゃなくて。その……、本間のパンツが見えそうなんだよ。

って言うと、余計にブリザードの波動を放ちそうなので、直接は言えなかった。

「もうっ」

と、本間は強引に雛形の手を払った。

「何を揉《も》めてるんだよ」

まあまあ、と俺は仲裁しようと間に入る。

「先輩は、雛形先輩だけのものじゃありませんから！」

謎の発言に、俺は一瞬真顔になる。

雛形だけのものじゃない……？

「りゅ、との、隆之介は、本間さんの彼氏ではない」

つん、と雛形は目をそらして素っ気なく言う。

むう、と本間が膨れた。

「先輩と遊ぼうと思って、一応雛形先輩に確認したんです。夏休みに花火行きたい、海行

きたい、旅行に行きたいって」

告げ口をするように、本間は雛形を指さす。

そのうちの二つはすでに二人で行くって約束したばっかだからなぁ。

「そしたら雛形先輩が全部拒否するんです。訊《き》いたら、あれもこれもそれも、先輩と二人きりで行くって言うじゃないですか。先輩は、バイトもシフトに結構入るし、部活だけしている汗くさ少女とは忙しさが違うんです」

本間は、巧妙にディスを織り交ぜてくるな。

「ああ、だから忙しさで俺がパンクするって心配して」

なるほど、と納得しかけた俺を、雛形が遮った。

「違う。本間さんは、ただ隆之介を独り占めする私がうらやましいから、こうして突っかかってきているだけ」

「先輩の休みがなくなっちゃうのは確かじゃないですか！」

うちは二週間ごとにシフトを組んでもらえる。

それで、今月後半のシフトが先日張り出されたのだ。

そこで本間は休日を確認したんだろう。

で、俺に訊く前に彼女である雛形に俺の貸し出し許可を得ようとした、と。

「先輩独占禁止法に抵触しています！　ダメです、あれもこれもそれも先輩と二人きりなんて！　わたしも、先輩と遊びたいです、二人きりで」

「嫌。無理。絶対に無理」

標語みたいな拒否の仕方だった。

「わたしも無理です。先輩との夏休みを楽しみに今日まで過ごしてきたのに」

「それはそっちの勝手。私と隆之介は、無関係」

むむむ、と本間が雛形を半目で睨《にら》む。

対する雛形は、譲ることなく堂々と視線を返している。

「やっぱ、みんなで遊ぶ日も作ったほうがいいような……」

「隆之介は、口を挟まないで」

……すんません。

「本間さんは、バイトで隆之介と一緒。独占禁止法違反」

「はい無理ですー。のぶ子先輩が常に先輩と同じシフトなので、全然独占してませんー」

小学生の喧嘩《けんか》かよ。

「のぶ子ちゃんも」

矛先が三瀬《みせ》さんにズレようとしていた。

「雛形先輩、独占欲強すぎですっ。そんなふうに縛りまくってると、先輩に嫌われるんですからねっ！」

これには効果がかなりあったらしく、胸を押さえて雛形が数歩あとずさった。

「嫌いに、なる？」

泣きそうな顔で俺を見てくるので、ぶんぶんと首を振った。

「隆之介は……私のことが、と、とっても、好き……な、なので、嫌いには、ならない」

「いきなりノロケですか」

鼻白んだように、本間は声のトーンを落とした。

「てか、わたしはそんなこと聞いてないので、雛形先輩の妄想の可能性は否めません！」

否めるよ。

俺の決死の告白を雛形の妄想で済まさせるわけにはいかない。

「隆之介」

雛形が俺を呼んだ。

目線を交わすだけで、何となく何を示唆しているのかわかる。

わかるようになった。

こういうところは、昔からの仲ならではのことなんだろう。

「本間。まず、雛形の妄想ではないってことがひとつ」

「うっ……」

今度は本間が胸を押さえた。

「それでな、本間」

この二人の言い合いが注目を集めているせいで、委員会とは関係ない生徒まで足を止めて動向を見守っていた。

見られていると言いにくいけど、妄想扱いされては、俺も黙ってはいられなかった。

「俺は、えっと、雛形のこと、す」

「ああああああああ。わわわわわわわ！」

本間が叫びながら耳を塞いでしゃがみ込んだ。

「もういいですっ。言わないでいいですっ」

どうやら理解を得られたらしい。

「もう、鈍感な先輩なんて、下半身も鈍感になって雛形先輩にフラれればいいんですぅ――――！」

「そんなクリティカルなこと言うなよ！」

うわあああん、と本間は走って教室から出ていった。

「私、部活あるから」

黒髪をなびかせて、雛形が教室から出ていく。

すぐに追いかけ、その背中に俺は追いついた。

「本間が言うことは、あんま気にすんなよ」

「本当に？　隆之介、嫌じゃなかった？　私、はしゃいであれこれ予定を詰め込んで……

隆之介が忙しいってこと、わかってなくて」

不安げな雛形の頭を撫《な》でる。

「嫌じゃないよ。自分で言ってただろ。俺、そんなヤワじゃないし」

「でも、ちょっと隆之介を独占しすぎたかもしれない」

思い当たる節がないでもない。

暇人の杉内《すぎうち》に遊びに行こうって言われても、全然行く時間がないから、

『カノジョができたら、オレはポイですか⁉　カノジョができるまでの体だけの関係だったわけですか⁉』

と、後半は意味のわからないことを言われた。

ともかく、俺と遊べないってことが、杉内も不満だったようだ。

「内之倉《うちのくら》さんも、雛形とオフの日は出かけたりしたいんじゃないの？」

うむむ、と困ったように雛形は唇を曲げる。

「訊いてみないと、わからない」

「何日かくらいは、みんなで遊ぶ日を作ってもいいんじゃない？　プールとか海とか」

大勢のほうが楽しい場所だってあるだろう。

一理あると認めたのか、雛形はうなずいた。

「そうかも……」

「家で宿題したりっていうのは、二人でもいいんだけどな」

わからないところは、杉内を召喚するかもしれないけど。

一転して、雛形がしゅんとしていた。

「私、何でこんなに我がままで独占欲強くなっちゃったんだろう……」

どうやら、夏休みの計画について思うところがあったらしい。

「それは、えっと……あれだろ」

「？　どれ？」

「俺のこと、す、好きだから、じゃないの」

自分から好きだと言うのも、好かれてると自分で言うのも、どっちも恥ずかしいな……。

「そっか。そうかも」

腑《ふ》に落ちたような表情をする雛形。

またな、と俺は廊下で別れを告げる。

ちょん、と雛形にワイシャツの袖を摑《つか》まれた。

「どうかした？」

「ううん。その……何でもない」

「何かあったら、言おうな、俺たち」

「え？」

「その、思っていることとか、ちょっとした不満とか些細《ささい》なことでもいいから」

「あ、うん！」

そうすれば、すれ違いとかもなくなる……んじゃないかなと思うけど、本当にそうなのか、初心者の俺にはわからない。

「じゃあ、ひとつ」

「おう、何」

「す、しゅき」

照れながら放った言葉は微妙に噛《か》んだけど、可愛《かわい》いから許したいと思う。

◆雛形◆

プールにも海にも、水着が必要だった。

中学時代からそういった遊びをしたことがなかった雛形は、スクール水着しか持っておらず、暇を見つけて買いに行こうと思っていた。

そんなとき、雛形のスマホに一件メッセージが入った。

『みんなで一緒に水着買いに行きませんか？』

本間から個人的に連絡が入ったのははじめてのことで、みんなというのは誰を指しているのか尋ねたら、内之倉と三瀬を加えた四人だそうだ。

それならいいか、と雛形は了承の返事をした。

終業式は明日。午後からは夏休みがはじまる。

『お買い物グループ』と題されたグループメンバーに本間から招待され、その四人で日程を決めることにした。

「水着……」

ごろん、と横になっていたベッドから立ち上がって、クローゼットの中から中学校の水着を引っ張り出した。

胸元に雛形と縫いつけられたスクール水着だ。

「……」

ぴろんと広げて、なんとなく一度においを嗅いで、よし、と着てみる。

着心地は当時と変わりはなく、身長が少し伸びているがこの水着でも十分許容範囲だ。

細い両腕と足は、日焼けをしておらず真っ白。

持久力を要求されるバスケ部員ならではの細さも雛形の体形の特徴だった。

なかなか引き締まっていていい体つきでは？　とバスケ部員の思考回路はそう結論付けた。

くるん、とその場で回ってみる。

「うん……中学校のだけど、案外いいかも」

買わないでもいいのでは、と思った雛形は、その日のシミュレーションをしてみる。

「あ……ダメだ」

脳内映像では、自分だけスクール水着だった。

華やかな水着を着た女性たちが脳内で戯れている。

コンプレックスを抱いているからか、自分のも人のも胸元をとくに気にしてしまう。

体育の着替えのときに三瀬の胸元を目撃した。

胸が大きければ同性でも目がいってしまうしマジマジと見たこともあった。

三瀬のあれはファンタジー。リアルとは思えない。それくらいのF。もしかすると、それ以上あるかもしれない。

隆之介とのデートで、そんな女性が海やプールにいたとする――。

雛形は、姿見のスクール水着を着ている自分をおそるおそるもう一度確認してみた。

手の平を持て余す自分の胸に、思わず膝をついた。

残酷な現実を思い知った瞬間だった。

財布の中を確かめると、水着なんて買えるような資金はない。

「お、お母さーん！」

服を着直すと部屋から顔を出し母親を呼ぶ。返事がないので、一階におりてキッチンで夕飯の準備をしている母親を見つけると、雛形は事情を話した。

「……なので、水着を買うからお金をください」

直球勝負。

回りくどいことは言わず、シンプルにねだった。

普段なら渋りそうなものだが、ここ最近、母親は何かとお金を融通してくれる。

「隆之介くんと行くの？」

クラスメイトの恋バナを聞く女子そのものの興味津々の表情で母親は訊《き》き返す。

「えと。……うん、そう」

うんうん、と母親はうなずく。

付き合いはじめたことは報告していた。そのときとても喜んでくれたのだ。

「隆之介くんに、イイトコ見せないとねぇ」

雛形はくるくると髪の毛に指を絡ませて目をそらす。

「そ、そういうわけじゃ……ないけど」

そういうわけである。

スクール水着では隆之介を幻滅させてしまうかもしれないと考えると怖い。

「えーっ、ねーちゃん水着買うのー!?　いいなぁー」

夕飯を待っている彩陽《あやひ》が声を上げた。

「ねーちゃん、どうせ成長してないんだから中学校のでいいじゃん」

「よくないし、成長ちゃんとしてるから。身長、中三のときから三センチも伸びているから」

身長。バスケ部員には必須のステータスで、気にするのは当たり前。そこを成長していないと言われるとムキになるのも当然だった。

「いやいや、成長ってそこじゃないから」

真顔で彩陽は手を振って否定する。

「そこのことだよ」

妹が胸を指差してくる。

「え。してるけど」

嘘《うそ》をついた。

「……ああ、うん、そだね」

姉の見栄《みえ》を即座に理解する上の妹。

「しーたん、おっきくなってない。おっぱいちっちゃい」

姉の嘘を暴き事実を突きつけた下の妹。

「ちっちゃくない。涼花《すずか》はちっちゃいどころかないでしょ」

「うぅ……っ」

口をへの字にして涼花が今にも泣きそうになった。

「ねーちゃん……保育園通いのすーちゃんにガチで対抗しないでよ」

と彩陽は呆《あき》れていた。

料理が出来上がると、運んだり食器を並べたりするのを普段より積極的に手伝う。

気が変わらないように、というささやかな配慮だった。それが終わると母親は財布から五〇〇〇円札を出して渡してくれた。

「ありがとう、お母さん」

「隆之介くんに、嫌われないようにね」

ふふ、と母は冗談めかして笑う。

「嫌われないから」

「兄ちゃんは鈍感だけどさ、もしそうじゃなくなって自分がモテてるって自覚したら、ねーちゃんなんてポイなんじゃ」

「こら、彩陽。変なこと言わないの」

母に窘《たしな》められた彩陽はいたずらっぽく舌をちろりと出した。

隆之介はモテる——。それは雛形もよく知るところ。

以前はその鈍感具合にやきもきさせられていたが、今となっては、そうでいてもらわなくちゃ困る。敏感になってもらっては困る。

食事中、そのことをずっと考えていた。

『彼氏　喜ぶ　水着』とスマホで検索をして、雛形はイメージを膨らませておくことにした。


夏休み初日。

午後、少し離れた駅にお買い物グループの四人が集合すると、本間の案内でファッションビルとなっている駅ビル内を歩いた。

「ここです。わたしもよく来るお店で、近辺ではコスパ最強だと思っています」

ファッションに詳しそうなこの後輩が一押ししてくれるのなら、安心だった。

こういうところでは頼りになる。

マネキンが派手な色の水着を着ている脇を通り、店内に入る。

「雛形先輩は、どんなの買うんですか？」

「私は……似合いそうなのを」

「みんなそうですよ」

あはは、と本間は軽いボケだと思って笑い飛ばす。

この前検索した『モテ水着』をイメージしつつ、店内の水着を物色していくが、その手のものは値段が高い。

もらった五〇〇〇円以内で収めるつもりだが、念のため、ちまちま貯《た》めていた貯金箱の中身も財布に入れていた。

「……」

ううん、と雛形は迷う。

予算はオーバーしているが、予備資金を使えば買えないことはない。

「雛形さん、それ買うの？　似合いそう」

付近で同じように水着を見ていた三瀬が声をかけてきた。

「そ、そう？」

「うん。わたしなんか、最初学校の水着でいいかなーって思ってたくらいで」

それが聞こえていた内之倉と本間がぎょっとして三瀬に目をやった。

心配そうでありながら、信じられないものを見るかのような、そんな目をしている。

「私もそんなふうに見られるところだったんだ……」

「え、どうかした？」

首をかしげる三瀬に、何でもないと雛形は首を振った。

店内には、中高生の女の子が他に何人かいるくらいだった。

一人だけ、彼氏らしき男の子を連れて来ている子がいた。

「これどう？」

「うん、まあ、いいんじゃない？」

「なんか適当」

「わかんねえんだよ、女の水着なんて……」

「こっちとこっちなら？」

「えぇ……」

思わずやりとりを見てしまう。

ほわわわ、と自分も隆之介と一緒に来たら、と想像をした。

ここに来ること自体を嫌がりそうだけど、選んでほしい、とか、好みを知りたい、とか、きちんと理由を示せば、来てくれそうではある。

「いいな……」

ぽろりと本音がこぼれた。

恥ずかしいけど、隆之介には見てもらいたい。

自分の好みのものより、隆之介が好きなものを着たい。

「それ買うんですか？」

本間に話しかけられて、彼女のほうを見るとすでに一着かごの中に入っている。

よく見ると、本間の良さを際立てるかのような、可愛《かわい》らしい水着だった。

「これは、まだ迷ってて」

ふむふむ、と雛形の体を足下からくまなく視線で観察する本間。

「雛形先輩は、胸が小さいわけじゃないですか」

ぴくん、と勝ち誇ったような口調につい反応した。

「小さくない」

「話を聞いてください。脚も長くてキレイなので、むしろそこを強調する水着のほうがいいと思うんですよね、わたし」

思わぬアドバイスに、雛形の警戒心がゆるんだ。

「脚？」

「はい、脚です。白くて長くてキレイです」

意外な人物から褒められたので、我知らず顔がホクホクしてしまう。

「そう、かな」

「そうですよ。他人の視線が真っ先にストロングポイントに向かってしまう水着にしたほうが良さが出るんじゃないかなって」

認めるのも癪《しゃく》だが一理ある。

「のぶ子先輩は、もちろん胸なわけですけど、雛形先輩がそこで張り合っても仕方ないので別の場所で勝負しましょう、というお話です」

その三瀬はというと、候補を絞ったらしく試着室に向かったのをさっき見た。

「うっちー、ちょっと見てもらってもいい？」

修学旅行のあたりで、三瀬は内之倉をうっちーと呼びはじめていた。

「うん。どうぞ」

内之倉が言うと、しゃ、とカーテンを開けて三瀬が出てくる。

どん、という擬音がぴったりはまりそうなくらい胸に迫力があった。

確かに、顔よりも何よりも先に見てしまう。

「のぶ子、ぷにぷにだね」

内之倉が三瀬の腹を突《つつ》いていた。

「うはぁ!?　ちょっと、うっちー」

きゃっきゃ、と楽しそうに二人がじゃれている。

「言うなれば、持たざる者は持たざる者なりの戦いがあるという話です」

と、本間がまとめた。

「持たざる者じゃなくて、まだ途中なだけで」

「はいはい、わかりましたよ。これから大きくなったらいいですねー？」

呆れたように本間が言うと、雛形は強くうなずいた。

あ、これも可愛い、と本間がまたかごに水着を入れる。

「……いくつか買うの？」

「はい。あとで写真を撮ってみて、先輩が気に入ったほうをその日着ていこうかなって」

自分でも機嫌が一気に悪くなったのがわかった。

「どうして隆之介に」

「え？　意見を訊《き》いてみようと思っただけですよ」

「……隆之介は、そういうのに疎いから、訊くだけ無駄」

「無駄かどうかはわたしが決めます」

きっぱりと本間が言うと、ピーン、と雛形は察知した。

人の彼氏に、水着姿を気に入られる気満々なのだ、と。

「可愛い系と大人系と……ヒモのちょっとエッチなやつの三種類です」

ちょっと見直したと思ったらこれだ。

「隆之介に見せなくていい」

きっぱりと言うと、本間は不満げに表情を曇らせた。

「どうしてですか。相談のひとつですよ？」

「りゅ、隆之介は、私のか、かれ、彼氏だから……」

「あー、もしかしてわたしに先輩を取られるかもしれないから心配なんですか？　自信ないとか？」

真面目そうな口調だけど、目が笑っている。

「全然。何にも心配してない」

本当はちょっと心配だった。

「じゃあ、いいじゃないですかー」

「——本間ちゃん、栞《しおり》を煽《あお》らないで」

話が聞こえていたのか、内之倉が割って入ってきた。

「煽ってないです」

「怒るよ。いい加減にしないと」

ドスの利いた低い声に、笑顔だった本間の顔が固まる。

冷や汗を流す本間が、おほん、と咳払《せきばら》いをした。

「先輩をどうこうなんて思ってないんですけどね。バイト先でも親しくしているので、それで、あの——ただそれだけですっ」

ぷい、と本間はそっぽを向いて試着室のほうへ向かった。

内之倉が小さくため息をついた。

「油断も隙もないね、本間ちゃんは。けど、実は好きだったって子、先輩にもいるみたいだから、栞、気をつけなよ」

先輩にも……？

初耳の情報に、雛形は目を白黒させた。

「隆之介って、そんなに……」

「そう。そんなに。元野球部で大活躍したエース様なんだよ。それで、最近栞と付き合いはじめたわけだし」

「私は、何か関係ある？」

「あるよ。元々の好感度に加えて、『美人の子と付き合っている男子』って部分で、単純に株が上がるから」

そうなのか、と内之倉の話に耳を傾ける雛形。

「び、美人、違う」

ぶんぶんと雛形は手を振って否定するが、慣れっこなのか内之倉はそれを無視した。

「それで、厄介なのは、ハイエナ女子」

「ハイエナ」

あまり聞かない単語にその言葉を繰り返した。

そう、と内之倉が説明を続ける。

「横からちょっかい出して、もし栞から自分に乗り換えたとしたら、自分は栞よりも上のオンナってことになるわけでしょ。そういうの、女子好きじゃん。マウントとか目に見えない上下とか」

自分も女子だというのを忘れて、内之倉は言った。

思考が女子というよりは男子みたいな内之倉なだけあって、『女子とは？』という部分を客観視しているようだった。

「何だかんだ言ったけど、殿村《とのむら》くんは、栞のこと好きだから大丈夫だと思うよ」

「そ、そう？」

親友の内之倉に言われると、背を押された気分になる。

お世辞や冗談などをあまり言わないので余計に嬉《うれ》しい。

「けど、そういう人もいるから気をつけましょうって話」

「うん。くらちゃん、ありがとう」

いいえ、と内之倉が返して、雛形の手元の水着を見る。

「あ、そういう感じ？」

「どう、かな」

ハンガーを自分の前で持って見せる。

多少の恥じらいもあるが、内之倉なら抵抗なく見せられた。

「いいと思う。試着してみたら？」

本間に言われたあれこれは、たしかに正しいんだろう。

けど、自分が気に入ったものを着るのが一番だろう、という結論に辿《たど》り着いた。

結局、予算は少しだけオーバーしたが、お気に入りの一着を雛形は買うことにした。

◆殿村◆

高校野球でいうと、地区大会決勝が行われたりすでに終わっていたりするような、夏が本気を出しはじめたそんな頃。

俺は、雛形と一緒に地元から少し離れた海へとやってきていた。

いわゆる海デートというやつだった。

今日の女子バスケ部は完全にオフで、俺もそれに合わせてバイトの休みを取ったので、お互い一日中予定を空けていた。

レジャーシートを敷いて、四隅に自分と雛形のサンダルを配置して風で飛ばないようにしておく。

くわぁ、と俺はあくびをした。

「隆之介、寝不足？」

「そんなところ」

時刻は朝九時。

夏休みがはじまってから朝に起きる必要がなくなった。そんな俺に、学校がある日と同じ時間に起きるのはなかなかしんどかった。

イメージではそれなりに海水浴客がいて、海の家でかき氷を食べたりするもんだと思っていたけど、海にはサーファー。砂浜には、散歩している男性と犬くらいしかいない。

海の家だってまだ準備中の看板が出ている。

時間を決めるときに、こんな早朝に設定したのは、涼しいうちに泳ごうっていう配慮でも、人が少ないうちに楽しもうってことでもない。

雛形が水着姿を他の誰かに見られるのが恥ずかしいからだった。だから地元から離れ、さらには朝早くに時間を設定しているのである。

ざざぁん、と打ち寄せる波を眺めている俺。

ちらり、と横に座る雛形に目をやった。

まだ着替えていない雛形は、薄手のパーカーを着ていて、デニム生地のショートパンツを穿《は》いている。

ごそごそと鞄《かばん》の中を漁《あさ》り、いよいよ着替えるのかと思いきや、日焼け止めを取り出して手足に塗りはじめた。

手も足も雛形は全体的に白い。

脚全体は、日光と相まって眩《まぶ》しいくらいに綺麗《きれい》だった。

「栞」

名前を面と向かって呼んだ。

久しぶりすぎて、まだ口が驚いている。

「う、うん！」

名前呼びが嬉しかったのか、雛形は目を輝かせていた。

「着替え、あっちでできるみたいだよ」

「うん」

促しても、それだけでとくに何か行動を起こすわけでもなかった。

「着替えないの？」

「もう下に着ているから」

小学生かよ。

効率的っちゃそうなんだけど。

俺は先に着替えることにして、荷物を持ってブルーシートが張られた適当な更衣室でさっさと海パンに穿き替えた。

女子のほうはどうなっているのかと窺《うかが》うと、男子みたいな適当なものではなく、粗末ながらきちんとした部屋が一室設けられている。

それは海の家が管理しているものらしく、今は鍵がかかっていた。

「隆之介にも、塗ってあげる」

レジャーシートに戻ると、雛形が手に白い液体を出した。

――いや、日焼け止め、日焼け止め。

変なふうに考えんなよ。

俺は頭をぶるぶると振って、何も考えないようにした。

「じゃあ、頼む」

背中に雛形の冷たい手が触れる。さらりとした日焼け止めの感触があると、それが背中の様々な箇所へ移っていった。

前もやってあげる！

シチュエーション的にないわけじゃないけど、雛形がそんなことを言うはずもなかった。

「使いたかったら自由に使って」

当然セルフサービスだった。

「ありがとう」

適量を出して日焼け止めを俺は塗っていく。

「ひ、栞。脱がないの？」

「…………」

雛形は、じじじ、とパーカーのジップを下ろしていき、じじじ、とまた上げていった。

しゅううう、と湯気を出している。

「あんまり、見ないで」

「あ、悪い」

「でも……見て、ほしい」

どうしろと。

じ、じ、じ、とジップの上げ下げを雛形は繰り返している。

悩んでいるのが手に取るようにわかった。

「日焼け止めだけでも、先に塗っておけば？　抵抗があるなら、そのあとまた着込めばいいし」

「じゃあ、そうする」

俺に背を向けて、雛形はパーカーを脱いだ。

着ているのは、白いビキニらしい。水着に負けないくらい白い背中が露《あら》わになっている。

綺麗な黒髪がコントラストになっていて、よく映えていた。

腕、肩、お腹《なか》など手を動かす雛形は、自力で背中に日焼け止めを塗ろうとしていた。

けど手が届かないので困っているようだった。

「手伝うよ？」

「……え、エッチなこと、しない？」

「しねえよ」

ヒモを引っ張ってみたいなっていう好奇心とイタズラ心がないわけじゃない。けど、やったらあとでめちゃくちゃ怒られそうだからな。

「じゃお願い」

日焼け止めを渡されて、雛形が髪の毛を持ち上げると俺は中の液体を雛形に塗っていく。

「っ……んぁ――」

普段聞かないような声を雛形が出した。

耳まで真っ赤にして、こっちを振り返る。

「へ、変な触り方、しないでっ」

「わざとじゃねえって」

触る度に小刻みに震える雛形に、俺は日焼け止めを塗っていった。

それも終わると、おほん、と雛形が咳払《せきばら》いをして、すっくと立ち上がる。

「…………どう……ですか」

語尾がかなり小声で聞き取りにくかったけど、たぶん水着のことだろう。

胸の大小がわかりにくいタイプのものらしい。余計なものが何もないっていう点ではお腹もそうで、贅肉《ぜいにく》らしきものは全然ない。上向きのヘソに、腰の左右にあるリボンも可愛《かわい》らしく見えた。

改めて見ると、本当に雛形って細いしそこそこ背が高いからモデルみたいだよな。

「可愛いと思いマス……」

俺も後半かなり小声になった。

「よかった、デス」

雛形はすっと座り込むと、パーカーを羽織った。

「隆之介、眠い？」

「今はそんなに――」

「眠い？」

何でそんなに訊《き》いてくるんだ？

そう思っていると、座っている雛形が、自分の太もものあたりをさすっていた。

「眠いかも」

「………こ、ここ、使っても。どうぞ」

変な日本語だったけど、どうやら膝枕をしてくれるようだった。

きょろきょろ、と周囲の様子を確認すると、俺たち以外今は誰もいない。

多少大胆なことをするのは、そのおかげのようだ。

失礼して、俺は太ももに頭を預け、シートの上で横になる。

「「……」」

目が合うと、俺たちは同時に目をそらした。

膝枕っていうか、実質太もも枕だし、顔の距離感が近いまま固定されるから、めちゃくちゃ照れるな、これ。

上を向いたままじゃ落ち着かないので、角度を変えて海のほうに顔を向けた。

……太もも。柔らかい。

引き締まっているから固いのかと思ったけど、そんなことはなかった。

「ふふ。隆之介、耳赤いよ？」

「誰のせいだと思ってるんだよ」

ふふふ、と上機嫌そうな雛形は、俺の頭をなでなでと撫《な》でた。

「いつも撫でられるから、お返し」

どんなものかと思ったら、案外心地いいぞ、これ。

機嫌がよさそうなのもあって、俺は雛形にしばらくされるがままだった。


「で、海に二人で行って、何もなし？」

不満げな顔で杉内が確認をしてくる。

こいつはエロい話が聞きたいだけのようだ。

「何もないってことはねえけどな」

バイト先で昼食を済ませ、ドリンクバーで近況を話しているときのことだった。

といっても、主に何かあるのは俺のほうで、杉内はだらだらと夏休みを過ごしているだけで、何も起こりようがなかった。

夏休みとあってか、店内には中高生や家族連れがちらほらと見える。

海に行ったあの日。昼食は雛形が作ってくれた弁当を食べ、その後は家に帰り二人で俺の部屋で宿題をした。

懐かしさすらあるかつての夏休みだった。

その流れを聞いて、杉内がつまらなそうに言う。

「見栄《みえ》張んなよ。何もねえじゃねえか」

何もないことはないだろ。

「ふふ。先輩ったら、全然進展してないんですね」

聞き耳を立てていたらしく、ウェイトレス姿の本間が話に入ってくる。

今日はランチからシフトに入っており、今は一応勤務中だった。

「してるだろ」

「どこが」

声揃えんなよ。

「ちょっとお姉さん、コーラ一杯お願い」

ドリンクバーのグラスをずいっと本間に差し出す杉内。

「お客様、当店ドリンクはセルフサービスとなっておりますので、ご自分で勝手に行きや

がってください」

相手が杉内なので、本間の接客も適当だった。

ずず、と俺は甘ったるいメロンソーダを飲み干す。

進んでなくないだろ。

言わなかったけど、膝枕されたんだぞ。

杉内がガリ、ゴリ、ジャリ、と音を立てながら氷を噛み砕いた。

「まあ、海はいいよ。人も他にいるだろうし。楽しみゃいいよ。問題は、二人きりの密室

で宿題しかやってねえってことだよ」

まだ氷を噛んでいる杉内は、機嫌の悪い犬みたいに犬歯を覗かせている。

「しかやってねえって……」

夏休みの序盤に宿題をしてるって、俺からすれば快挙レベルなんだけどな。

「そんな状況なのに、先輩、キスもしてないんですか？」

もって何だ、もって。

「本間ちゃん、こいつ楽しく付き合えているだけで今は満足しているらしい」

「人の心配してないで、おまえは内之倉さん誘ってデート行けよ」

「誘ってるわアホ！　全部断られてんだよ！　アホ!!」

「……それは、その、ごめん」

謝るしかなかった。

「謝んなよ！　しんみりして辛《つら》くなるだろうが！」

注文多いな、こいつ。

「先輩らしいといいますか、わたしからすれば好都合といいますか。雛形先輩はもう先輩のモノで、恋人としてやっていいことは全部やっていいんですよ？　駆り立てられるものはないんです？」

本間が不思議そうな顔をして訊いてくる。

「そりゃあるけど、雛形って奥手そうだし、こっちがエンジン全開でそういうことしようとすると、引かれるんじゃないかなって」

それを聞いた本間は、一度考えるように視線を宙にやった。

そして、名案を思い付いたかのように、ぱちんと手を合わせた。

「じゃあ、わたしでシミュレーションしてみます？　キスまでの流れを。イイ感じになったら、もうしちゃってオッケーです」

本間はぱちんとウインクをする。

「しちゃってオッケーです、じゃねえよ」

本間は隙あらば練習台になろうとするな。

「本間ちゃん、オレそれやりたい」

「嫌です。わたしを練習台にするなんて、杉内先輩、何考えてるんですか」

眉をひそめた本間は、杉内に嫌悪の眼差《まなざ》しを送っている。

提案に乗っかろうとしただけなのに、杉内はめちゃくちゃ怒られていた。

「実際するしないは別として、本当にわからないんだったら、一度シミュレーションしてみるのをオススメします。雰囲気が仕上がったときに、ここ！　っていうタイミングを先輩にお知らせするので」

百戦錬磨っぽい本間が言うと、確かに説得力はあるか……。

「得意げだけど、本間ちゃん彼氏いたことねーじゃん」

「杉内先輩はそういうことを言って、誰かの足を引っ張ろうとする性格だからモテないいんですよ」

「……そんなこと……言うなよ……」

めちゃくちゃショックを受けたらしい杉内が、蚊の鳴くような声で抗議した。

にこっと本間は俺に言う。

「雛形先輩とひと通りやることをやって、飽きたらわたしのところへ戻ってくればいいんです」

いつから俺のホームになったんだよ。

「殿村は何だかんだ言うけど、オレぁ、ひながっさん案外待ってるんじゃないかなって思うけどな」

そうなんだろうか。

付き合いはじめてから、恋人としての雛形は、確かに積極的な気もする。

いや、本来ああいう好きな人には積極的なタイプで、俺がただ気づいてなかっただけの可能性もある。

「本間はどう思う？」

「癪《しゃく》ですけど、杉内先輩と同じ意見です。見たわけじゃないので先輩の感覚というのを尊重したアドバイスをしましたけど、好きな人からいきなり——とか、不意に——っていうのも実はポイント高いです」

　何のポイントだろう。

「ま、はじめて同士なら雰囲気を作っていったほうが、雛形先輩も『あ、もしかして？』って勘づいてくれるでしょうし、心構えもできると思うので、そのほうがいいかもしれませんね」

　本間の私情を抜きにした意見って、的を射ている気がするんだよな。

　俺が本間を信用しかけていると、冷や水を浴びせようとしているやつが向かいにいた。

「本間ちゃんって頭でっかちで実際したことねーじゃん。童貞のセックス理論と一緒なんだよな」

「童貞のくせにうるさいですね」

「どどっ、ど、童貞ちゃうわ！」

　違わなくねえだろ。

　そろそろ怒られそうだと思ったのか、本間は「じゃ、またあとで」と言って仕事に戻っていった。

　去っていく背中を杉内が見送っている。

「いい子じゃんか。オレにはあたりキツいけど」

それには同意だった。

「オレから言えることはひとつだ、殿村」

どうせロクでもないことだろう。

「下半身に従え。それだけだ」

やっぱりロクでもなかった。

なんかイイコト言ったみたいな顔をしてるけど、大したこと言ってねえぞ。

こんなふうに適当に話をしていると、時間になったので俺たちは席を立った。

これからバイトなので、店の前で杉内と別れ裏口から再び店に入った。

俺と同じ時間のシフトに入っている三瀬さんがすでにいて、小難しい顔でスマホをいじっている。

「あ、おはざす。今日もお願いします」

「殿村くん！」

「はい」

「ヘタレ主人公は、だいたい事故でキッスすることが多いから、狙っていいんじゃないかな」

本間から何か聞いたな？

最初のヘタレ主人公ってのが引っかかったけど、事情を聞いてみよう。

「何の話ですか」

「キッスの話だよ、キッスの」

この人、キッスって言うタイプの人かぁ。

「ヘタレ主人公と世話焼き幼馴染《おさななじみ》の話で、類型作で言うと――」

あ、これ長くなりそうなやつだ。

とりあえず、俺と雛形のことを心配してるってことかな。

「わかりました、三瀬さん」

「や、役に立った？」

「たぶん」

類型作で言うと――から全然聞いてなかったけど、真剣に考えてくれたんだなっていうのはわかった。

「事故の初歩中の初歩として、お風呂を間違って覗くところからスタートなのかも……」

三瀬さんは難局を前にした軍師面でうむ、と唸《うな》っている。

「どこをスタートにしてるんですか」

覗くつもりでやってたら、事故じゃなくて犯罪なんですけど。

てか、すでに一回やっちゃってるんだよな、修学旅行で……。

「順を追ってイベントを重ねていけば、きっと大丈夫だよ、殿村くん！」

何の知識だよ。

「そろそろ時間なんで、行きましょうか三瀬さん」

「あ、うん、そだね」

三瀬さんを促し、俺たちはキッチンに入った。


バイトが終わり、俺は本間を家まで送っていた。とくに遠出をする予定もなかったので、今日は自転車で来ていた。

「疲れましたぁ」

一二時から二二時までのシフトは元気な本間も堪《こた》えたらしい。

ちなみに三瀬さんはすでに駅に送ったあとで、今は二人きりだった。

「その言っていたシミュレーションってやつなんだけど」

「はい？」

「今、できる？」

目をキラキラさせながら、本間は何度もうなずいた。

「もちろんですよ！」

おほん、と声音を変えるかのように、本間は咳払《せきばら》いをする。

「では、はじめます。……あのー。ええっと」

何度も瞬《まばた》きをする本間。

「先輩は、好きな食べ物は何ですか？」

「は？　唐揚げとか？」

「な、なるほどー？」

雰囲気作りがどうのこうのって言ってたけど、どこにそれがあるんだ。

ほんの少し距離を詰めてくる本間。伸びた影が重なっているのがわかる。

すっと本間が腕を絡めてくる。

ぱちん、ぱちん、と本間が何度もウインクで合図らしきものを送ってきた。

「え、ここ？　このタイミングで？」

「はい。完璧です。ガッと力強く肩を摑《つか》んで、そっと優しく顎をくいっとやります。そして見つめ合って愛をささやきます……。むふふ……。あ、すみません。では、どうぞ」

どうぞ、じゃねえよ。

本当に合ってるのか、これ。

三瀬さんもだけど、微妙にズレているような気がしないでもない。

「練習だからな、練習」

自転車のスタンドを立てて立ち止まった。

ガッと本間の両肩を摑む。

「っっ！」

驚いたような本間の瞬《まばた》きの量が格段に増えた。

で、次は、顎を……。

顔が強張《こわば》っている本間の顎を左手でそっと触る。

「っ〜〜！」

「で、えっと——」

「や、やっぱりダメです〜」

腰を捻《ひね》って俺から逃げる本間の顔は、今まで見たことないくらい真っ赤だった。

夜でこんなにわかるんだから、相当な赤さだ。

「せ、先輩、わたしにも心の準備ってものがあるんですよっ。オッケーって言いましたよ、オッケーって。けど、そんなにグイグイ来られると、わたし……は、はじめてなので……」

自分で指示をしておいて……。

「途中までだって。最後までするわけないだろ」

「あ………。そう、ですか」

目を点にした本間に俺はもう一度お願いした。

「なんか、自然じゃなかったからもう一回練習していい？」

「課題があると真正面から取り組む。なんという体育会系脳……」

褒められたような、ディスられたような。

気を取り直して、同じように俺は言われたことを最初からやり直した。

肩を掴む。

「っ！」

顎をくいっとやる。

「〜〜っ……」

見つめる。

ぷいっ、と本間は顔をそむけた。

「先輩、そんなに見つめられると、わたし、ダメかもしれません……」

おまえがそうしろって言ったんだろ。

「ダメかもじゃねえ。こっち見ろ」

本間の顔をぐいっとこっちに向けた。

「せ、先輩ってば、後輩に厳しい縦社会の人なんですね」

俺を茶化《ちゃか》す余裕はまだあったらしい。

「今さら何言ってんだ。その代表格の巣窟にいたんだぞ」

また目を見ようとすると、また本間の顔がじわじわと赤くなりはじめ、どん、と俺を突き飛ばした。

「いけると思いましたけど、これ以上は無理です〜！」

なんだそりゃ。

「ひ、雛形先輩は、こんな気持ちを毎日味わっている……？　幸せすぎません？」

胸を押さえながら、本間は荒くなった呼吸を静めようとしている。

「たしかに、キスしなくても満たされますね……」

いつの間にか、こっち側の意見になってしまった。

本間って、杉内が言ったように頭でっかちの子で、実戦経験がないから現状ではこの手のやりとりの防御力ゼロなんじゃ……。

「もう一回いい？　念のため」

「わたしの気も知らないで反復練習しすぎです！　これ以上はわたしがもちません――っ！」

逃げるように本間は去っていった。

気も知らないでって、自分で提案したことだろ。

呆《あき》れる俺は、小さくなっていく背中に「気をつけて帰れよー」と声をかけた。

9　夏祭り

ここです、っていう本間《ほんま》のあの状況というのはなかなか訪れることはなかった。

俺と雛形《ひながた》は、あれから時間を作ってはお互いの家を行ったり来たりして、ダラダラ過ごしたり、宿題をやったり、はじまった夏の甲子園を見たりしていた。

俺も雛形もおしゃべりなほうじゃないから、無言の時間っていうのは結構長いと思うけど、そこは幼馴染同士という下地があるからか、気まずくなることもないし、無理にお互い話題を作ったりもしなかった。

出かけるときは俺が彼氏らしいことをしようとして背伸びをすることはあるけど、基本的に一緒にいて楽なのだ。

本間や杉内《すぎうち》にキスの話を刷り込まれたせいか、雛形の顔を見るついでに唇もじいっと見てしまうようになった。

想像してみるけど、本間と練習したときみたいに簡単に次々とステップを踏めそうにはない。考えるだけで今は緊張するし。

「隆之介《りゅうのすけ》？　私に何かついている？」

はっと俺は現実に戻ってきて、首を振った。

「いや、何でもない」

借りてきたDVDを二人で見たあとのことだった。

「明日の夏祭り、夕方の五時待ち合わせにしようと思うんだけど」

「うん。いいんじゃない」

雛形は、どう思っているんだろう。

思ったことは口に出そうって言ったけど、これぱっかりは訊《き》きにくい。

何とも思ってなさそうでもあるし、杉内が言ったようにすでに待ってそうでもある……。

「じゃ、また明日」

そう言って雛形は帰っていった。

映画の途中でも、そういうサイン？　のようなものはなかったと思う。

べたべたするわけでもないし、手を握るわけでもない。

そういうんじゃなくて、ちゃんと映画見たいんだろうなって雰囲気が雛形にはあった。

……知っている限りでは、雛形ははじめてだから、特別なタイミングのようなものを待っているのかもしれない。

本間のように、今からオッケーです、みたいな合図でもしてくれりゃいいんだけど。

現在、夏休み前に雛形がやりたいと言ったことをいくつかこなしているところだった。

明日はそのうちのひとつ、夏祭り。

みんなでもいいんじゃない？　と俺が提案したけど、雛形は二人がいいと言った。

——もしや、それがサインなのでは。

待て。

となると、二人がいいって言ったイベント事、まあまあああるぞ？

海もそうだし。

膝枕してもらった以外は、海で遊んで弁当食べて、ただ帰っただけの健全すぎるデートだった。

「小学生かよ」

当時とやってることがほとんど変わらないな。

家で遊ぶときも、色気のあることは何一つとしてなかった。

「小学生……」

あれ、そういや、当時なんか約束したな？　祭りのことで。

なんだったっけ。

翌日の夕方。

浴衣を苦労しながらどうにか着た俺は、雛形との待ち合わせ場所へ向かった。

我が家に浴衣なんてものがあるのか、母さんに尋ねたら、父さんのものがあったらしく、それを着ることになったのだ。

修学旅行の旅館でも思ったけど、浴衣ってなんか落ち着かないんだよな。

足には下駄《げた》風のサンダル。小物を入れるための巾着の中に財布とスマホを入れている。

雛形も浴衣を着てくると言っていた。

修学旅行で館内着のそれを見ていたからなんとなく想像できるけど、似合うんだろうな。

川沿いの桜並木通りが見えてきた。

今年もその通りが歩行者天国となり、沿道に軒を連ねる屋台からの明かりがここからでもよく見えた。

神社で神事が行われているようで、神楽《かぐら》の音色が風に乗ってここまで聞こえる。

茜色《あかねいろ》に染まる並木道と屋台の風景、それと神楽の音色を聞いていると、子供時代のことを思い出して少し懐かしい気分になった。

去年も一昨年《おととし》も、部活があったり行く相手がいなかったりで、全然参加していなかったけど、今年は違う。

「雛形、どこだろう」

家に迎えに行くって言ったけど、雛形は待ち合わせをしたいらしかった。

一番大きな桜の木の下で待ち合わせとだけ決めたけど、ここじゃないのか？

きょろきょろ、と見回しているとそれらしき人物を発見した。

黒髪を後ろでくくり、白い首筋を覗《のぞ》かせている。

俺を探しているのか、きょろきょろと周囲を見渡していた。

「ひな……栞《しおり》」

ぽん、と肩を叩《たた》いて、振り返ったのは思った通り雛形だった。

青い生地に白い花があしらわれた浴衣を着ている。頭には花の髪飾りもしていた。

……おぉ。

うん。うんうん。

「お待たせ」

「全然……待って、ない」

「このやりとりがしたかったとか？」

冗談めかして俺は言う。定番だもんな。

雛形は答えずじいっと、俺の足下から頭の先まで視線を三往復させた。

無言でたっぷり俺を眺めた雛形は、すすす、と木の陰に隠れた。

「え、何で？　変だった？」

そんなはずは……。

「隆之介……」

首を伸ばして雛形の様子を覗くと、もじもじしていた。

「……浴衣が、その、似合ってて」

「ありがとう」

「だから、カッコいい……」

照れながら雛形はか細い声でそう言った。

「あ、ありがとう」

そんなふうに言われ慣れてないから、反応に困るんだよな。

「栞も似合ってるよ、浴衣」

俺の発言を確かめるかのように、ひょこっと顔を出した。

「ほんと？」

「ほんと。可愛《かわい》い、と思いマス」

「……っ」

袖をぱたぱた振ったかと思ったら、そのまま雛形は顔を隠した。

通りすがりの人たちに、『あいつら何してんだ？』的な目で見られているように感じて、だんだん恥ずかしくなってきた俺は、雛形を促した。

「どんな屋台が出ているのか見よう」

「う、うんっ」

歩きだすと、雛形が隣に並んだ。

どうやら今日の雛形は、男なら誰しも目を奪われる容姿に仕上がっているらしい。雛形を見ているせいで通行人同士ぶつかる光景を一〇回は目撃した。

まだ五〇メートルも歩いてないぞ。

「このお祭り、久しぶりだけど、出ている屋台ってあまり変わってないね」

「うん、昔とほとんど一緒だな」

ベビーカステラに焼きそば、唐揚げにたこ焼き、フランクフルトにイカ焼きにとうもろこし。りんご飴《あめ》にチョコバナナにかき氷。

定番のラインナップだった。

奥のほうには、射的や金魚すくいの屋台などもあるみたいだ。

不意に、きゅうん、と甘える犬みたいな音が雛形のほうからした。

「っ！」

バッと雛形が慌ててお腹《なか》を押さえた。

「隆之介、あっちの、神社のほうに行ってみる？」

不自然なくらいの話題の変え方だった。

ツッコんでいいのか、スルーしたらいいのか……。

「その前に腹ごしらえしようか。なんか適当に買って食べよう」

「隆之介が、そう言うなら」

腹を鳴らした本人が断るはずもなかった。

あくまでも俺が食べたそうだからそうしてます、みたいな澄まし顔をしている。

何食べようか、と話しつつ、来た道を戻りながら、雛形が本格的に吟味しはじめた。

俺は頭の片隅で、子供の頃のことをどうにか思い出そうとしていた。

子供のときに雛形と何か約束したはずなんだ。

あれは雛形だったはず。

「一緒に来るのって、もう七年ぶりなんだよ」

嬉《うれ》しそうな横顔を見ながら、よく覚えてんなぁと思う。

雛形が立ち止まって、五秒くらい凝視した物は、手当たり次第に買っていった。

焼きそば、たこ焼き、唐揚げ、フランクフルト。

男子が好きそうなガッツリ系。

ひとまずこの四種類を買った。

「……隆之介」

「ん？」

「今、女子のくせに食べすぎでは？って思った？」

「思ってねえよ」

ちょっとかすってるけど。

「部活あったんだろ。腹ペコのまま来ただろうから、存分に食べればいいよ」

「うん」

騒がしい並木通りを離れ、小さな児童公園にやってくる。スポットライトみたいに街灯が照らすベンチがあったので、俺たちは並んで座った。

買ってきた物を並べて、二人でわけて食べる。

地元だけあって、顔見知りが通りかかることは少なくない。

俺も雛形も中学では部活をしてたから、同級生に先輩後輩、色んな人を見かけた。

「俺といるところを見られて、恥ずかしかったりしない？」

「どうして？」

どうしてって。

「恥ずかしがり屋だから。彼氏と一緒に何かしているところを目撃されると、噂《うわさ》になったりするだろ」

「付き合う前からなってるよ」

知ってたのかよ。

そんなつもりはたぶんないと思うけど、こう考えると、俺は徐々に外堀を埋められていったのかもしれない。

迎えに来てほしいと言ったのは雛形だったし、女子バスケ部を中心に話が広まるのも自然なことだ。

「どうかした？」

小鳥のように雛形が首をかしげた。

……口の端にソースつけているような子が、そんな計算するはずないか。

「口んとこ、ソースついてる」

「っ」

顔を背けると、雛形はどこかから取り出したティッシュで口元を拭った。

「……隆之介、焼きそばちょっと余ってる」

自分の割りばしで焼きそばを摑《つか》むと、俺の口元に差し出してくる。

「食えと？」

「……」

無言で、ほらほら、と雛形が焼きそばを近づけてくるので、周りに誰もいないのを確認して、俺は口を開けた。

箸と焼きそばは、口には入らず頰《ほお》の下あたりに直撃した。

「──おい」

「間違えた。隆之介も、口の横にソースがついてる」

「わざとだろ」

俺に責めさせまいと、雛形はようやく焼きそばを食べさせてくれた。

「さっきの仕返し」

「栞のは自爆だろ。それを仕返しされるのって理不尽すぎないか」

くすくす、といたずらが成功した子供みたいに雛形は無邪気に笑う。

その姿は、浴衣を着た夏の妖精みたいだった。

ベンチに置いた手が、一瞬触れると妙な緊張感が走った。

たぶん、杉内や本間や三瀬《みせ》さんにあれこれ言われていたせいだ。

手が触れるだけで、その先の色んなことを想像してしまった。

何も言わず無言を守っている雛形も、少しだけ表情が固いのがわかる。

「あー、えと、ゴミ捨ててくる」

「う、うん。ありがとう」

お互い無言は気にならないはずなのに、なんか変な間だったな。

付き合いはじめてからは実は、手を繋《つな》ぐこともまだしていない。小指を絡めたあれを手を繋ぐにカウントしないとすれば。

こうなっているのは、雛形もそれ以上のことを意識しているからなんだろうか。

食べ終えた容器をゴミ箱に捨て、公園のほうへ戻ると、雛形が男に話しかけられていた。

あ、あれはナンパとかいうやつじゃ――。

そりゃそうか。雛形を一人で放っておいたら脳が下半身に支配されているようなやつは、真っ先に声をかけるだろう。

雛形の表情はここからよく見えた。

無表情。無関心。不愛想。

隆之介早く帰ってこないかなーって顔だった。

意を決して、俺はそいつに声をかけた。

「その子、俺の彼女なんで、話しかけるのやめてもらっていい、ですか」

そいつの肩を掴んでたどたどしくもどうにか言うと、こっちを振り返った。

「うわっ！　えええええ、トノさんだぁぁぁぁ！」

一個下の中学時代の後輩だった。

「んだよ、おまえかよ」

俺は安堵《あんど》のため息をついた。

何してんスか！　めっちゃ久しぶりッスね！　えええ、てか付き合ってんスか⁉　とか、まあ、あれこれ訊《き》かれた。

当時の部活の後輩でもあるので「また今度な。会ったときに色々話そう」と俺が面倒くさそうにあしらうと、「わかりました。じゃあ、また！　失礼しゃす！」と小さく頭を下げて公園をあとにした。

きょろきょろ、と後輩は周りを見たあとに手を挙げると、彼女らしき女の子と合流して屋台のほうへ行った。

「大丈夫だった？」

尋ねると、雛形はこくりとうなずく。

「中学のときに見たことある人だったから」

「何話してたの？」

「聞き流してたから、ちゃんと受け答えしてなかったかも。彼女とはぐれたからここを待ち合わせ場所にして、待ってたみたい」

ああ、それで。

「助けようとしてくれた？」

「当たり前だろ。少なくとも、会話が弾んでるように見えなかったし」

知ってるやつでよかった。

「ありがとう」

嬉しそうに表情をゆるめる雛形から目をそらして、「どういたしまして」と俺はつぶやいた。

「屋台のほうに行こう」

そう言って雛形が立ち上がる。

「花火までまだ時間あるから」

また並木通りのほうへ歩いていくと、さっきよりも人混みは増しており、隙間なく人が行き交っている。

「ひ、栞」

「隆之介」

ほぼ同時に呼び合うと、どちらからともなく手を伸ばして握った。

同じことを考えていたみたいで、嬉しいような恥ずかしいような、くすぐったいような。

人波に流されないように、手を繋いだ雛形を背中で隠すようにして前へと進んでいく。

やがて人が少なくなっていき、俺たちは並んで歩く。

「隆之介、金魚すくい下手で、持ってきたお金そこで全部使っちゃって、半泣きだった」

「変な思い出を話すのやめてくれよ」

忘れた光景が徐々に思い出されてくる。

今思うとめちゃくちゃ恥ずかしいな。

そういや、あの頃も今日みたいに手を繋いでいたと思う。

ヨーヨー釣りに金魚すくい、射的に型抜き。見つける度に一度遊んでいった。

久しぶりにやると、童心に帰ったように熱中した。

金魚すくいに全財産使い果たしたあの日、みんなが色んな遊びをするのがうらやましくて仕方なかったっけ。

「あ」

あのときか。約束したのって。

徐々に古い記憶が呼び起こされていく。

「どうかした？」

俺がぼんやりしているのが不思議なのか、首をかしげる雛形は、頭の上に疑問符を浮かべている。

時間を確認すると、花火開始まであと一五分ほど。

「そういや、あのときもあそこじゃなかったっけ」

「隆之介？」

雛形が再び繋いできた手を握り返し、俺は神社のほうへ足を速めていく。

「思い出した。俺、雛形と約束したんだよな」

「う、うん！」

雛形にしては珍しく、弾むような高い声だった。

階段をのぼっていき鳥居をくぐる。神事が終わった境内では、大きな笑い声が聞こえてくる。社務所で大宴会が催されているらしい。

俺は記憶を頼りに、神社の裏手に回り山の細い坂道を登っていった。

道というほど整備されていない山道は、普段人が通らないことがよくわかる。

当時も、探検気分でここを登っていった。

坂道の途中で、あの桜並木道を見下ろす場所に出る。

ここだ。

屋台の照明と微《かす》かに照らす月明り。遠くで俺たちの通った小学校が暗がりに浮かんでいる。思い出の通りの景色だ。

「隆之介、ここのこと、覚えてたんだ」

「さっき、こういう場所があったなって思い出したんだ」

花火まであと数分。

約束の内容を思い出すと、かなり緊張してきた。

「俺たち、約束してたよな？」

「うん」

はにかんだような微笑をする雛形は、俺の言葉を待っている。

「大人になったら」

「うん……っ」

手を繋ごうと思ったらお互いそう思っていて、手を繋げるんだ。

まさに以心伝心。

雛形も、いつも以上に大照れをしていて、上目づかいで恥ずかしげにちらちらとこっちを見ている。

本間、今わかったぞ。ここだな。ここのことなんだな？　タイミングっていうやつは。

「約束。……大人になったら、キスしようっていう約束」

雛形は、そういう節がある。たぶん今日この日を待っていたし、そのためにこれまでしなかったと考えれば、説明がつく。

か細い風の音が聞こえる。最初の花火が打ち上がった。

「違う」

どん、と花火が夜空に咲いた。

「え？」

「違う」

もう一回言うと、どどん、と煌《きら》びやかな花火が打ち上げられた。

「全然、違う」

失望や落胆をしたときの雛形の表情や態度は、極寒の氷柱《つらら》よりも冷たくて鋭い。

「………………花火、見よっか」

俺はさっきの発言はなかったことにして、その場に体育座りをする。

雛形も同じように座ると、次々に打ち上がる花火を見ていた。

俺の目に花火は映っていたけど、完全に上の空で、集中なんてできなかった。

どうしたら挽回《ばんかい》できるんだよ、これ。

雛形はそれ以上何も言わない。

これまで無言がこんなに重苦しいことってあったか？

それだけ、雛形は気落ちしたんだろう。

間違えることもあるよね、とかフォローしてくれたっていいだろ。間違えた俺が言うことじゃないけど。

花火そっちのけで、俺は思考をぐるぐると回転させていた。

もしかすると、この空気……別れるとか言わない、よな？

昔のことなんだから記憶違いくらいするだろって言いわけしたい。

けど、俺が思い出したっていうフリが大きすぎて、雛形はめちゃくちゃ期待したっぽい。

それで間違えたから、気分の落差が酷《ひど》かったんだろう。

ちょんちょん、と袖を引かれる。

「隆之介は……キス、したかったの？」

もしや、約束したってことにして俺が半ば強引にキスしようとしたって思ってるんじゃ。

「それは、あの……そうなんだけど、約束間違えたのはごめん。本当に」

素直に謝る。もうこれしかない。

「そうなんだ……」

ぱっと花火で明るく照らされた雛形の横顔が、じわじわと赤くなっていっている。

「キス、したいんだ？」

からかうような口調で、雛形はまた確認してくる。

ここまで言われれば、開き直るしかない。

「そりゃな。好きな子としたいって思うほうが自然っていうか。付き合ってるんだし。ひな……栞はどうなんだよ」

「隆之介がしたいなら……いい、よ？」

ぱっと雛形のほうを見ると、雛形もぱっと正面を向き直した。

徐々に赤くなった顔は、今では湯気でも出しそうなくらい真っ赤だった。

無言で俺の手に手が重ねられる。温かくて柔らかい手だった。

空腹のときもそうだ。俺がしたいって言っているからそうする、っていうのを雛形は免罪符にしているところがある。これは、よっぽど恥ずかしいときに限る。

どん、と音が鳴ると、色とりどりの火花が夜空に瞬く。

「栞」

呼ぶと、ほんの少し迷うような間があり、ゆっくりと雛形が首をこっちに向ける。

「は、はい……っ」

雛形の両肩を摑《つか》む。

「っ」

驚いた雛形が肩をすくめる。

俺は雛形の顎に手を添えて、ほんの少し角度を変えた。

「隆之介……」

「ん？」

「好き……」

言うと、雛形が目蓋を閉じた。

「俺も」

歯の浮くようなやりとりに、俺たちは何してるんだろう、って冷静になってしまいそうになる。

けど、たぶん冷静なままじゃ恋なんてできないんだろう。

雛形が求めるように伸ばした腕が、俺の背中に回される。
最後に位置をもう一度確認して、俺も目をつむった。

10　エピローグ

六割バイト、三割雛形《ひながた》とデート、残り一割が宿題。

そんな忙しくも充実した夏休みが終わった。

雛形との関係は、変わらず良好で、はたから見ればバカップルなんだろう。

「終わっちまったな、オレの夏休み」

憂鬱げな顔で、杉内《すぎうち》が俺の席に来て言う。

一〇〇回告ると豪語した杉内だけど、その後回数は伸び悩んでいるようだった。

「いや、デート断られるのに告っても無駄だろ。だからまずはデートなわけ」

俺をわかってないやつとして扱う杉内だけど、内之倉《うちのくら》さんが登校してくると、また憂鬱げな表情に戻った。

……もしかしてこいつ、これがカッコいいとでも思ってるのか。

こっちのほうへやってきた内之倉さんが、雛形と部活の話をはじめた。

「最後に誘ったの、いつ？」

俺が尋ねると、杉内はぼそっと答えた。

「お盆過ぎた頃」

その頃ってたしか、女子バスケ部、忙しいんじゃなかったっけ。

「手数マンが聞いて呆《あき》れる」

「いいよな、おまえは。蓋を開けてみれば両想《りようおも》いでした、なんて。その蓋だってほぼまる開き状態だったし」

「結果的にそうなったってだけだろ」

「ヤった？」

「教えねえ」

やりとりが聞こえていたのか、雛形が微妙な表情でうつむいている。

「すぎっち、栞《しおり》にセクハラするのやめて」

「えぇぇぇ。オレは殿村《とのむら》に質問しているのであって……」

「聞こえてるんだから一緒だろ」

そういうところだぞ、杉内。

「理不尽な」

愕然《がくぜん》としている杉内に俺は言った。

「今誘ってみれば？　案外いけるかもだぞ」

「はぁ？　何で？」

いいから、と俺は杉内の背を叩《たた》いた。

「な、なあ、うっちー。二人で、今度遊び行かない？」

突然の誘いに驚きはしたものの、内之倉さんはスマホを出して何かを確認する。

「いつ？」

「へ？」

杉内の目が丸くなった。

「いつなんだろうって思って。予定空いているところなら」

「マジで？　いいの？」

「予定が合えばね」

杉内が誘っていたタイミングは、県外遠征をめちゃくちゃしていた時期だったりする。キャプテンに任命されたらしい内之倉さんは、遊ぶどころじゃないのである。もちろん雛形も部活の遠征と試合と練習でヘトヘトの時期だった。

その頃の俺たちは、電話が主なコミュニケーション手段で、出かけるようなデートはしていない。ほんの少しの時間部屋でしゃべったりするくらいなら何度かあった。

だから、内之倉さんは、杉内だから断っていたっていうより、誰であっても断っていたんだろう。

「よ、予定、合わせるから――」

興奮気味に杉内は、ぐいぐい、と内之倉さんに近づいていく。

俺はそのベルトをぐっと引っ張って、変態を近づけさせないようにした。

話しはじめた二人を見て、雛形が春の日差しみたいな温かな微笑でうなずいている。

「よかったな、杉内。適当にあしらわれないで」

杉内がわなわなと震えている。

「や、やっべ……チビりそう」

そういうことを女子の前で言うから好感度が低いんだと俺は思う。

ふと教室の出入口を見ていると、オーラゼロの三瀬《みせ》さんが入ってきた。

俺と目が合うと、仲間を見つけたかのように目を輝かせて鞄《かばん》を持ったままこっちへやってくる。

「殿村くーん！　この前言ってた漫画持ってきたよ！」

三瀬さんは紙袋をどん、と机の上に置いた。

「おざます。三瀬さん。わざわざすみません。言ってくれれば取りに行ったのに」

「敬語じゃなくていいよ。殿村くん。ここバイト先じゃないから」

わかってるんだけど、挨拶をしないとって思うと、その流れで敬語になるんだよなぁ。

夏休みの三瀬さんは、バイト先で無双していた。

一人連絡なしでやめたキッチンスタッフがいて、その穴を埋めるため、獅子《しし》奮迅《ふんじん》の働きをしていた。

もう尊敬しかない。俺は自分のことで精一杯なのに。

元体育会系の俺からすれば、敬語にならないほうが難しい。

興味を示した雛形が、一冊手に取ってパラパラとめくっている。

「……ちょっと、エッチなやつ？」

それ持ってきたの？　って三瀬さんに目で確認すると、真《ま》っ直《す》ぐな瞳で俺を見てうなずいた。

学校に持ってくんなよ！　この手のやつは、やべぇブツみたいにこっそり取引するのが相場だろ。

「隆之介《りゅうのすけ》……こういうの、好きなの？」

軽蔑氷柱《つらら》攻撃をされると思って構えていたら、意外な反応が返ってきた。

「好きっていうか、三瀬さんがオススメっていうから」

「ふうん……」

あわわわわ、と三瀬さんは俺と雛形の顔色を交互に窺《うかが》っている。

「隆之介が、どんなのが好きなのか、気になるから……のぶ子ちゃん、私もあとで読んでいい？」

「も、も、もちろん。けど、少年向けだから、ぱ、パンツとかいっぱい見えるよ？」

さすがにちょっとそれは恥ずかしかったのか、渋い表情になるとやがてうなずいた。

「隆之介が、どんなパンツを気に入るのか、気になるから」

「パンツ自体は好きにならねえよ。こういうのってキャラや内容なんだよ」

雛形の着眼点が徐々にズレていっていた。

やがて先生がやってきて、集まっていた面々は解散し席へ戻っていった。

クソ暑い体育館での始業式が終わると、今度は委員会。各委員は所定の教室へ向かうように、と先生から伝えられた。

いつものように、美化委員会が開かれる教室に雛形と行くと、すでに本間《ほんま》がいた。

「あ、先輩」

「よ」

本間には、あれ以降雛形との話はしていない。とくに訊《き》いてこなかったのもあるし、こちらからわざわざ報告することでもないと思ったのだ。

「今日、シフト一緒じゃないですか？」

「そうだな」

「夜道、危ないので、送ってほしいなぁって……」

ちら、と本間は牽制《けんせい》するように雛形を一瞥《いちべつ》する。

雛形はとくに取り合う様子を見せず、ぽつりと言った。

「送ってあげたら？」

嫌みでも何でもなさそうな口調に、本間が頬《ほお》をぴくぴくさせている。

「せ、先輩とイチャついてしまうかもしれませんよ」

「大丈夫」

たったひと言を返すと、本間は悔しそうだった。

「うぐぐ……本命彼女の余裕を感じます……っ！　わたしがちょっかい出しても、先輩は揺るがないという信頼すら感じます……！」

たぶん、揺るがないんだろうな。

俺たちは遠回りしてしまったけど、元々一緒に過ごした年月もあって、結びつきは他の勢いで付き合いはじめたカップルより強い気がする。

「うむむむむ……！　わたし、ちょっかい出しちゃうんですからね！」

本間は宣言するけど、雛形は全然張り合わない。

「あ、そう」

あ、そう、じゃなくて、それは止めてくれよ。俺も止めるけど。

「な、夏休み前と経験値が全然違いますっ⁉」

雛形の成長に本間が驚いていた。

「……隆之介は、私のこと、好きだから」

恥ずかしげに言うので、こっちまで照れてしまう。

本間が胸を押さえてうずくまっていた。

「か、可愛《かわい》すぎます……。それはいくら何でも」

顔を伏せたまま、本間がぼそっと言った。

「よかったですね、先輩」

「おう」

ぽんぽん、と俺は本間の頭を軽く撫《な》でた。

本間がちょっかいを出すのは流すけど、それはダメだったらしい。

「何で触るの」

「え。何でって、感謝を込めて？」

「込めなくていい」

むすっとした雛形を撫でてみると、斜めだった機嫌が徐々に角度を変えていった。

どうやらひとまず許されたようだ。

「バカップルですね」

呆《あき》れたような本間の声がして、俺たちは我に返る。

他にも生徒が入ってきたので、適当な席に着いた。


俺たちの恋人期間は、それから七年続いた。

大学受験や就職活動で会話の数を減らしたり、すれ違うこともあったけど、関係は続いていき、今となってはただのサラリーマンとOLのカップルとなった。

そして今日から、雛形栞は殿村栞に名前が変わり、彼女から妻へと変わる。

牧師のカタコトの日本語が、厳かな教会の中に響く。

愛を誓い、結婚指輪を交換し、指示に従ってベールを脱がす。

恥ずかしがり屋なところは全然変わらず、頬を上気させたまま顔を強張《こわば》らせる栞がそこにいた。

「緊張してる？」

「うん……」

「夏祭りの約束って、何だったの？　全然教えてくれねえじゃん」

にこりと栞は笑った。

「もう果たされたよ。約束」

「ん……？」

ぼそぼそと他の人に聞こえない程度の会話が終わったのを確認し、牧師が手を差し出し俺を促した。

両手を肩に置くと栞が目をつむる。

ほんの少し顎が上がり、唇を控えめに突き出した。

俺も目をつむると誓いのキスをした。

あとがき

こんにちは。ケンノジです。

本シリーズはここで完結となります。

お付き合いくださった皆さま、ありがとうございました。

昨今の業界を思うと、きちんと着地させるべきところに着地させることが出来て作者としては大変嬉《うれ》しい限りです。

まとめて終わるのは当たり前だろ、と思われるかもしれませんが、外的要因が絡むと意外とこれが難しいのです。投げっぱなしでプツンと終わる作品もあったりなかったり。人気シリーズなら終わるタイミングもある程度決められたり出来るのですが、そうでない作品のほうが大半なのでそこまで辿《たど》り着けないということも多いです。

やとみ先生のイラストに関しては本当に言うことが何もなく、素晴らしい仕上がりで「うわ、雛形《ひながた》めっちゃ可愛《かわい》いな」と毎回表紙を頂くたびに思いました。背景もすごく綺麗《きれい》ですし、挿絵も完璧でした。これに関しては担当編集様の差配も大いに関係しているので、お二人のご尽力に感謝するばかりです。

ケンノジのラブコメはこれが三作品目でして、同系統の作品では「痴漢されそうになっているS級美少女を助けたら隣の席の幼馴染《おさななじみ》だった」なども執筆しております。気になった方はこちらもぜひ読んでみてください。

また作品を通して出会えることがあれば幸いです。

それでは。

ケンノジ

幼《おさな》なじみからの恋愛相談《れんあいそうだん》。3
相手《あいて》は俺《おれ》っぽいけど違《ちが》うらしい

著　ケンノジ

角川スニーカー文庫　23025

2022年2月1日　初版発行

発行者　青柳昌行

発　行　株式会社KADOKAWA
〒102-8177 東京都千代田区富士見2-13-3
電話　0570-002-301（ナビダイヤル）

印刷所　株式会社暁印刷
製本所　本間製本株式会社

Printed in Japan　ISBN 978-4-04-112227-3　C0193

★ご意見、ご感想をお送りください★
〒102-8177 東京都千代田区富士見 2-13-3
株式会社KADOKAWA　角川スニーカー文庫編集部気付
「ケンノジ」先生
「やとみ」先生

角川文庫発刊に際して

角川源義

第二次世界大戦の敗北は、軍事力の敗北であった以上に、私たちの若い文化力の敗退であった。私たちの文化が戦争に対して如何に無力であり、単なるあだ花に過ぎなかったかを、私たちは身を以て体験し痛感した。西洋近代文化の摂取にとって、明治以後八十年の歳月は決して短かすぎたとは言えない。にもかかわらず、近代文化の伝統を確立し、自由な批判と柔軟な良識に富む文化層として自らを形成することに私たちは失敗して来た。そしてこれは、各層への文化の普及滲透を任務とする出版人の責任でもあった。

一九四五年以来、私たちは再び振出しに戻り、第一歩から踏み出すことを余儀なくされた。これは大きな不幸ではあるが、反面、これまでの混沌・未熟・歪曲の中にあった我が国の文化に秩序と確たる基礎を齎らすためには絶好の機会でもある。角川書店は、このような祖国の文化的危機にあたり、微力をも顧みず再建の礎石たるべき抱負と決意とをもって出発したが、ここに創立以来の念願を果すべく角川文庫を発刊する。これまで刊行されたあらゆる全集叢書文庫類の長所と短所とを検討し、古今東西の不朽の典籍を、良心的編集のもとに、廉価に、そして書架にふさわしい美本として、多くのひとびとに提供しようとする。しかし私たちは徒らに百科全書的な知識のジレッタントを作ることを目的とせず、あくまで祖国の文化に秩序と再建への道を示し、この文庫を角川書店の栄ある事業として、今後永久に継続発展せしめ、学芸と教養との殿堂として大成せんことを期したい。多くの読書子の愛情ある忠言と支持とによって、この希望と抱負とを完遂せしめられんことを願う。

一九四九年五月三日

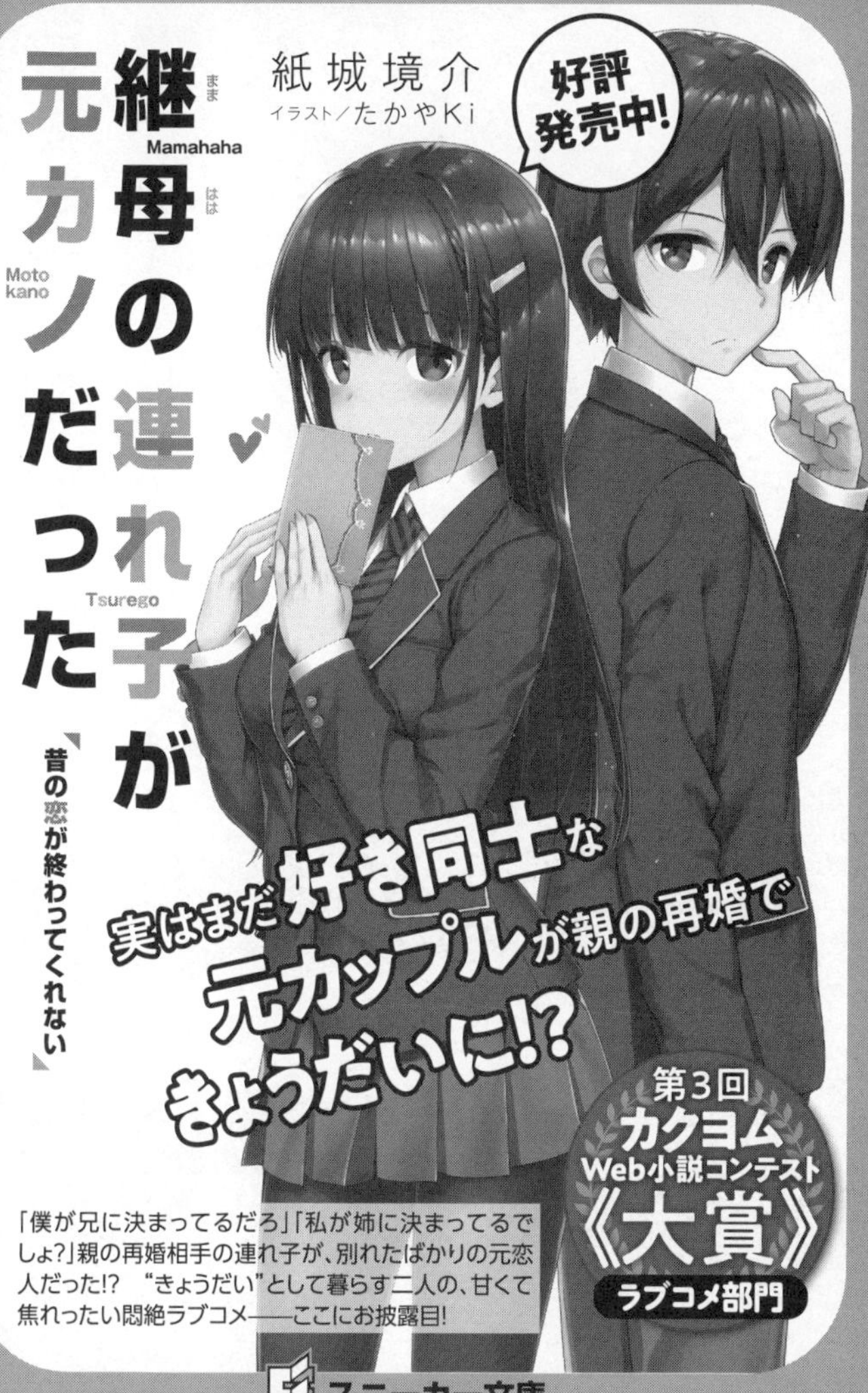
継《まま》母《はは》の連れ子が元カノだった
Mamahaha
Motokano
Tsurego
昔の恋が終わってくれない
紙城境介
イラスト／たかやKi
好評発売中!
実はまだ好き同士な元カップルが親の再婚できょうだいに!?
第3回
カクヨム
Web小説コンテスト
《大賞》
ラブコメ部門
「僕が兄に決まってるだろ」「私が姉に決まってるでしょ?」親の再婚相手の連れ子が、別れたばかりの元恋人だった!? “きょうだい”として暮らす二人の、甘くて焦れったい悶絶ラブコメ——ここにお披露目!
スニーカー文庫

時々ボソッと
ロシア語でデレる
隣のアーリャさん
Милашка❤
story by sun sun sun
illustration by momoco
燦々SUN
イラスト ももこ
ただし、彼女は俺が
ロシア語わかる
ことを知らない。
特設サイトはこちら!
スニーカー文庫

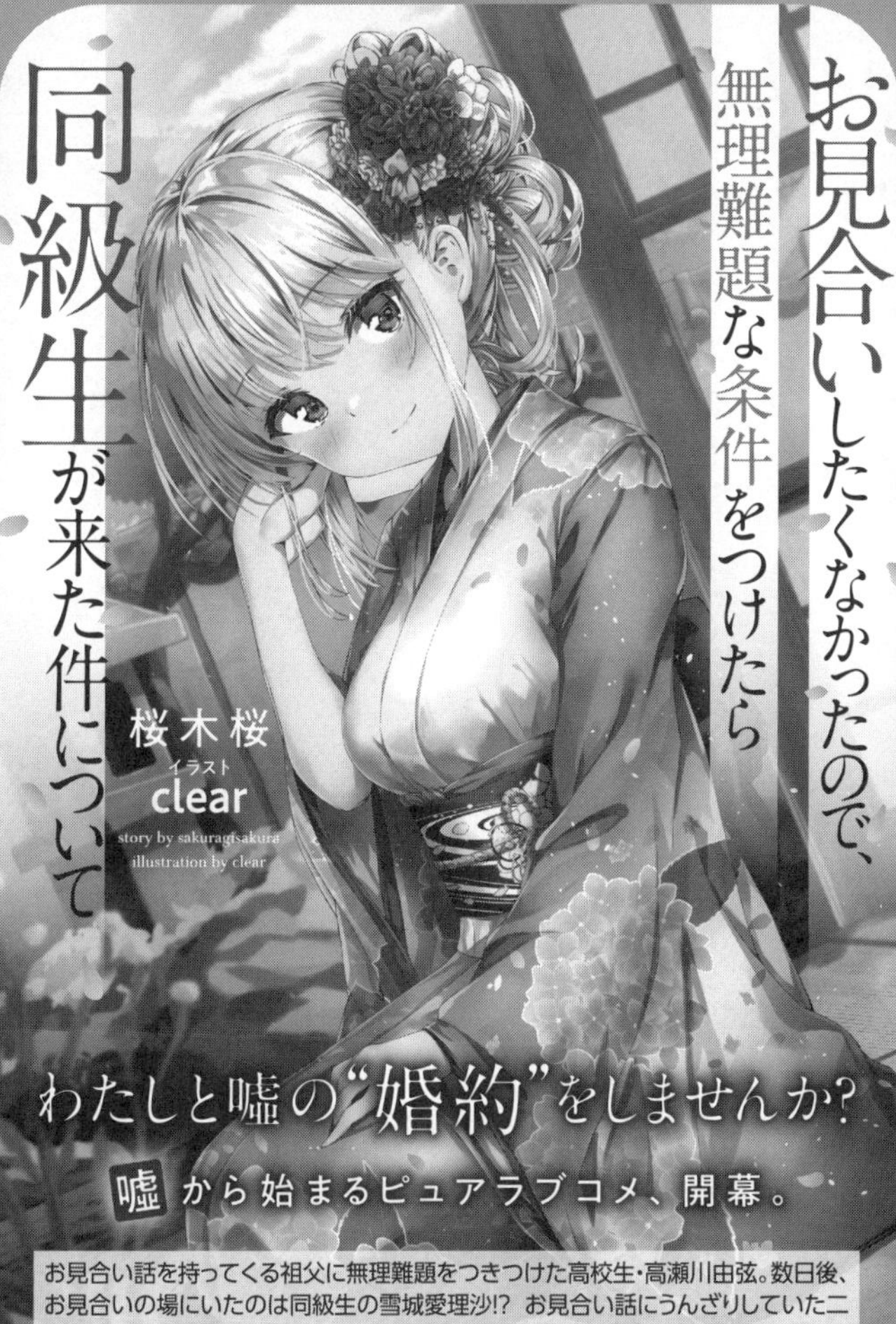
お見合いしたくなかったので、
無理難題な条件をつけたら
同級生が来た件について
桜木桜
イラスト
clear
story by sakuragisakura
illustration by clear
わたしと嘘の“婚約”をしませんか?
嘘から始まるピュアラブコメ、開幕。
お見合い話を持ってくる祖父に無理難題をつきつけた高校生・高瀬川由弦。数日後、お見合いの場にいたのは同級生の雪城愛理沙!? お見合い話にうんざりしていた二人は、お互いのために、嘘の『婚約』を交わすことになるのだが……。

スニーカー文庫

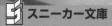

このすば
暁なつめが描く、
もう一つの異世界コメディ！
暁なつめ
NATSUME AKATSUKI
ILLUSTRATION
カカオ・ランタン
KAKAO LANTHANUM
戦闘員、派遣します！
COMBATANTS WILL BE DISPATCHED!
シリーズ好評発売中！
全世界の命運は——
悪の組織に託された!?
特設サイトは
▼コチラ！▼
スニーカー文庫

第28回
スニーカー大賞
作品募集中!
君の紡ぐ物語で
世界を変えよう。
大賞 300万円
+コミカライズ確約
金賞 100万円
銀賞 50万円
特別賞 10万円
締切必達!
前期締切
2022年3月末日
後期締切
2022年9月末日
詳細は・
ザスニWEBへ
https://kdq.jp/s-award
イラスト／左